Ἀλέξανδρος Παπαδιαμάντης, Πασχαλινά Διηγήματα

By Johnny Ka

Copyright 2016, Johnny Ka

ΠΕΡΙΕΧΟΜΕΝΑ

ΕΞΟΧΙΚΗ ΛΑΜΠΡΗ

ΠΑΙΔΙΚΑΙ ΑΝΑΜΝΗΣΕΙΣ

Καλὰ τὸ ἔλεγεν ὁ μπαρμπα-Μηλιός, ὅτι τὸ ἔτος ἐκεῖνο ἐκινδύνευον νὰ μείνουν οἱ ἄνθρωποι οἱ χριστιανοί, οἱ ξωμερίτες, τὴν ἡμέραν τοῦ Πάσχα, ἀλειτούργητοι. Καὶ οὐδέποτε πρόρρησις ἔφθασε τόσον ἐγγὺς νὰ πληρωθῇ, ὅσον αὐτή· διότι δὶς ἐκινδύνευσε νὰ ἐπαληθεύσῃ, ἀλλ᾽ εὐτυχῶς ὁ Θεὸς ἔδωκε καλὴν φώτισιν εἰς τοὺς ἁρμοδίους καὶ οἱ πτωχοὶ χωρικοί, οἱ γεωργοποιμένες τοῦ μέρους ἐκείνου, ἠξιώθησαν καὶ αὐτοὶ νὰ ἀκούσωσι τὸν καλὸν λόγον καὶ νὰ φάγωσι καὶ αὐτοὶ τὸ κόκκινο αὐγό.

Ὅλα αὐτὰ διότι τὸ μὲν ταχύπλουν, αὐτὸ τὸ προκομμένον πλοῖον, τὸ ὁποῖον ἐκτελεῖ δῆθεν τὴν συγκοινωνίαν μεταξὺ τῶν ἀτυχῶν νήσων καὶ τῆς ἀπέναντι ἀξένου ἀκτῆς, σχεδὸν τακτικῶς δὶς τοῦ ἔτους, ἤτοι κατὰ τὶς δύο ἀλλαξοκαιριές, τὸ φθινόπωρον καὶ τὸ ἔαρ, βυθίζεται, καὶ συνήθως χάνεται αὔτανδρον· εἶτα γίνεται νέα δημοπρασία, καὶ εὑρίσκεται τολμητίας τις πτωχὸς κυβερνήτης, ὅστις δὲν σωφρονίζεται ἀπὸ τὸ πάθημα τοῦ προκατόχου του, ἀναλαμβάνων ἑκάστοτε τὸ κινδυνωδέστατον ἔργον· καὶ τὴν φορὰν ταύτην, τὸ ταχύπλουν, λήγοντος τοῦ Μαρτίου, τοῦ ἀποχαιρετισμοῦ τοῦ χειμῶνος γενομένου, εἶχε βυθισθῆ· ὁ δὲ παπα-Βαγγέλης, ὁ ἐφημέριος ἅμα καὶ ἡγούμενος καὶ μόνος ἀδελφὸς τοῦ μονυδρίου τοῦ Ἁγίου Ἀθανασίου, ἔχων κατ᾽ εὔνοιαν τοῦ ἐπισκόπου καὶ τὸ ἀξίωμα τοῦ ἐξάρχου καὶ πνευματικοῦ τῶν ἀπέναντι χωρίων, καίτοι γέρων ἤδη, ἔπλεε τετράκις τοῦ ἔτους, ἤτοι κατὰ πᾶσαν τεσσαρακοστήν, εἰς τὰς ἀντικρὺ ἐκτεινομένας ἀκτάς, ὅπως ἐξομολογήσῃ καὶ καταρτίσῃ πνευματικῶς τοὺς δυστυχεῖς ἐκείνους δουλοπαροίκους, τοὺς «κουκκουβίνους ἢ κουκκοσκιάχτες», ὅπως τοὺς ὠνόμαζον, σπεύδων, κατὰ τὴν Μ. Τεσσαρακοστήν, νὰ ἐπιστρέψῃ ἐγκαίρως εἰς τὴν μονήν του ὅπως ἑορτάσῃ τὸ Πάσχα· ἀλλὰ κατ᾽ ἐκεῖνο τὸ ἔτος, τὸ ταχύπλουν εἶχε βυθισθῆ, ὡς εἴπομεν, ἡ συγκοινωνία ἐκόπη ἐπί τινας ἡμέρας, καὶ οὕτως ὁ παπα-Βαγγέλης ἔμεινεν ἀκουσίως, ἠναγκασμένος νὰ ἑορτάσῃ τὸ Πάσχα πέραν τῆς πολυκυμάντου καὶ βορειοπλήκτου θαλάσσης, τὸ δὲ μικρὸν ποίμνιόν του, οἱ γείτονες τοῦ Ἁγ. Ἀθανασίου, οἱ χωρικοὶ τῶν Καλυβιῶν, ἐκινδύνευον νὰ μείνωσιν ἀλειτούργητοι.

Τινὲς εἶπον γνώμην νὰ παραλάβωσι τὰς γυναῖκας καὶ τὰ τέκνα των καὶ νὰ κατέλθωσιν εἰς τὴν πολίχνην, ὅπως ἀκούσωσι τὴν Ἀνάστασιν καὶ λειτουργηθῶσιν· ἀλλ᾽ ὁ μπαρμπα-Μηλιός, ὅστις ἔκαμνε τὸν προεστὸν εἰς τὰ Καλύβια, καὶ ἤθελε νὰ ἑορτάσῃ τὸ Πάσχα ὅπως αὐτὸς ἐνόει, ὁ Φταμηνίτης, ὅστις δὲν ἤθελε νὰ ἐκθέσῃ τὴν γυναῖκά του εἰς τὰ ὄμματα τοῦ πλήθους, καὶ ὁ μπάρμπ᾽ Ἀναγνώστης, χωρικὸς ὅστις «τὰ ἤξευρεν ἀπ᾽ ἔξω ὅλα τὰ γράμματα τῆς Λαμπρῆς», ἀλλὰ δὲν ἠδύνατο ν᾽ ἀναγνώσῃ τίποτε «ἀπὸ μέσα», καὶ ἐπεθύμει νὰ ψάλῃ τὸ «Σῶμα Χριστοῦ μεταλάβετε», — οἱ τρεῖς οὗτοι ἐπέμειναν, καὶ πολλοὶ ἠσπάσθησαν τὴν γνώμην των, ὅτι ἔπρεπεν ἐκ παντὸς τρόπου νὰ πείσωσιν ἕνα τῶν ἐν τῇ πόλει ἐφημερίων ν᾽ ἀνέλθῃ εἰς τὰ Καλύβια νὰ τοὺς λειτουργήσῃ.

Ὁ καταλληλότερος δέ, κατὰ τὴν γνώμην πάντων, ἱερεὺς τῆς πόλεως, ἦτο ὁ παπα-Κυριάκος, ὅστις δὲν ἦτο «ἀπὸ μεγάλο τζάκι», εἶχε μάλιστα καὶ συγγένειαν μέ τινας τῶν ἐξωμεριτῶν, καὶ τοὺς κατεδέχετο. Ἦτο ὀλίγον τσάμης, καθὼς ἔλεγαν. Δὲν ἔτρεφε προλήψεις. Ἠκούετο μάλιστα ἐδῶ κ᾽ ἐκεῖ, ὅτι ὁ ἱερεὺς οὗτος εἶχε καὶ τὴν συνήθειαν «ν᾽ ἀποσώνῃ τὰ παιδιὰ» εἰς τοὺς κόλπους τῶν μητέρων, τῶν ἐνοριτισσῶν του. Ἀλλὰ τοῦτο τὸ ἔλεγον οἱ ἀστεῖοι ἢ οἱ φθονεροί, καὶ μόνον οἱ ἀνόητοι τὸ ἐπίστευον. Ὁ ἐφημέριος οὗτος, ὡς οἱ πλεῖστοι τοῦ γνησίου ἑλληνικοῦ κλήρου, πλὴν μικροῦ ἐλευθεριασμοῦ, ἦτο κατὰ τὰ ἄλλα ἄμεμπτος.

Τοῦτο ναί, ἀληθεύει, ἀλλ᾽ οἱ ἔγγαμοι ἱερεῖς, πενόμενοι καὶ δυσπραγοῦντες, ἐπιτακτικὴν ἔχοντες ἀνάγκην νὰ θρέψωσι τὰ τέκνα των, φαίνονται ὡς πλεονέκται, καὶ καταντῶσι νὰ μὴ τρέφωσι πλέον ἐμπιστοσύνην οὐδ᾽ εἰς αὐτοὺς τοὺς συλλειτουργούς των. Τοῦτο ἔπασχε καὶ ὁ παπα-Κυριάκος, ὅστις ἐπεθύμει μὲν νὰ ὑπάγῃ νὰ κάμῃ Ἀνάστασιν εἰς τοὺς χωρικούς, διότι ἦτο ἀνοιχτόκαρδος καὶ ἤθελε νὰ χαρῇ καὶ αὐτὸς ὀλίγην Ἀνάστασιν καὶ ὀλίγην ἄνοιξιν, ἀλλ᾽ ἐδυσπίστει εἰς τὸν συνεφημέριόν του, καὶ ἔπειτα δὲν ἤθελε νὰ ἀφήσῃ τὴν ἐνορίαν μὲ ἕνα μόνον ἱερέα τοιαύτην ἡμέραν. Ἀλλ᾽ αὐτὸς ὁ παπα-Θεοδωρῆς ὁ Σφοντύλας, ὁ συνεφημέριός του, τὸν παρεκίνησε νὰ ὑπάγῃ, εἰπὼν ὅτι καλὸν ἦτο νὰ μὴ χάσωσι καὶ τὸ εἰσόδημα τῶν Καλυβιῶν, αἰνιττόμενος ὅτι τά τε ἐκ τοῦ ἐνοριακοῦ ναοῦ ἔσοδα καὶ τὰ τῆς ἐξοχικῆς παροικίας, ἀμφότερα ἐξ ἴσου θὰ τὰ ἐμοιράζοντο.

Τοῦτο δὲν ἔπεισε τὸν παπα-Κυριάκον, τῷ ἐνέπνευσε μάλιστα πλείονας ὑποψίας· ἀλλ᾽ ὅτε ἠρώτησε τὴν γνώμην τοῦ συλλειτουργοῦ του, ἦτο ἤδη κατὰ τὰ ἐννέα δέκατα ἀποφασισμένος νὰ ὑπάγη· ἔπειτα ὑπεχρέωσε τὸν υἱόν του Ζάχον, μορφάζοντα καὶ μεμψιμοιροῦντα, νὰ παραμείνη ἐν τῷ ἐνοριακῷ ναῷ κατάσκοπος εἰς τὸ ἱερὸν βῆμα, νὰ παραλάβη τὸ μερίδιον τῶν προσφορῶν καὶ συλλειτουργικῶν, καὶ μόνον μετὰ τὴν ἀπόλυσιν τῆς λειτουργίας, ὅτε θὰ ἀνέτελλεν ἤδη ἡ ἡμέρα, ν᾽ ἀνέλθη εἰς τὰ Καλύβια παρ᾽ αὐτῷ.

* * *

Ἡ Πούλια ἦτο ἤδη ὑψηλά, «τέσσαρες ὧρες νὰ φέξη», καὶ ὁ μπάρμπ᾽ Ἀναγνώστης, ἀφοῦ ἐξύπνισε τὸν ἱερέα, κατασκευάσας πρόχειρον σήμαντρον ἐκ στερεοῦ ξύλου καρυᾶς καὶ πλῆκτρον, περιήρχετο τὰ Καλύβια θορυβωδῶς κρούων ὅπως ἐξεγείρη τοὺς χωρικούς.

Εἰσῆλθον εἰς τὸ μικρὸν ἐξωκκλήσιον τοῦ Ἁγ. Δημητρίου. Εἷς μετὰ τὸν ἄλλον προσήρχοντο οἱ χωρικοὶ μὲ τὰς χωρικάς των καὶ μὲ τὰ καλά των ἐνδύματα.

Ὁ ἱερεὺς ἔβαλεν εὐλογητόν.

Ὁ μπάρμπ᾽ Ἀναγνώστης ἤρχισε νὰ τὰ λέγη ὅλα ἀπ᾽ ἔξω, τὴν προκαταρκτικὴν προσευχὴν καὶ τὸν Κανόνα, τὸ Κύματι θαλάσσης.

Ὁ παπα-Κυριάκος προέκυψεν εἰς τὰ βημόθυρα, ψάλλων τὸ Δεῦτε λάβετε φῶς.

Ἤναψαν τὰς λαμπάδας κ᾽ ἐξῆλθον ὅλοι εἰς τὸ ὕπαιθρον ν᾽ ἀκούσωσι τὴν Ἀνάστασιν. Γλυκεῖαν καὶ κατανυκτικὴν Ἀνάστασιν ἐν μέσῳ τῶν ἀνθούντων δένδρων, ⟨τῶν⟩ ὑπὸ ἐλαφρᾶς αὔρας σειομένων εὐωδῶν θάμνων, καὶ τῶν λευκῶν ἀνθέων τῆς ἀγραμπελιᾶς, «neige odorante du printemps».

Ψαλέντος τοῦ Χριστὸς ἀνέστη, εἰσῆλθον πάντες εἰς τὸν ναόν. Θὰ ἦσαν τὸ πολὺ ἑβδομήκοντα ἄνθρωποι, ἄνδρες, γυναῖκες καὶ παῖδες.

Ὁ μπάρμπ᾽ Ἀναγνώστης ἤρχισε νὰ ψάλλη τὸν Κανόνα τοῦ Πάσχα, ὁ δὲ ἱερεύς, ἅμα ἀντιψάλλων αὐτῷ ἐξ ἀνάγκης ἀπὸ τοῦ ἱεροῦ βήματος, ἡτοιμάζετο «νὰ πάρη καιρόν», καὶ ἀφοῦ τελέση τὸν ἀσπασμόν, νὰ ἔμβη εἰς τὴν λειτουργίαν.

Ἀλλὰ τὴν στιγμὴν ἐκείνην, εἰσῆλθεν ἢ μᾶλλον εἰσώρμησεν εἰς τὸ ναΐδιον, ἀκολουθούμενος ὑπὸ δύο ἄλλων ὁμηλίκων του, δωδεκαέτης περίπου παῖς, ὑψηλὸς ὡς πρὸς τὴν ἡλικίαν του, ἀσθμαίνων καὶ ἐν ἐξάψει. Ἦτο ὁ Ζάχος, ὁ υἱὸς τοῦ παπα-Κυριάκου.

Εἰσέβαλε πνευστιῶν εἰς τὸ ἱερὸν βῆμα καὶ ἤρχισε νὰ ὁμιλῇ πρὸς τὸν ἱερέα. Ἡ φωνή του ἠκούετο ἀπὸ τοῦ χοροῦ, ἀλλ᾽ αἱ λέξεις δὲν διεκρίνοντο.

Ἰδοὺ τί ἔλεγεν ἐν τούτοις·

— Παπά, παπά!...

(Τὰ παπαδόπουλα ἐκάλουν συνήθως παπὰ τὸν πατέρα των.)

— Παπά, παπά!... ὁ παπα-Σφοντύλας... ἀπ᾽ τὴν ὀξώπορτα... τὶς λειτουργιές... ἀπ᾽ τ᾽ ἁι-βῆμα ἡ πεθερά του... κ᾽ ἡ παπαδιά... κουβαλοῦν... ἀπ᾽ τὴν ὀξώπορτα... τὶς λειτουργιές... τοὺς εἶδα... ἀπ᾽ τὴν ὀξώπορτα... τὶς λειτουργιές... ἀπ᾽ τ᾽ ἁι-βῆμα... κ᾽ ἡ πεθερά του... κ᾽ ἡ παπαδιά...

Μόνος ὁ παπα-Κυριάκος ἦτο ἱκανὸς νὰ βγάλῃ νόημα ἀπὸ τὰ ἀσυνάρτητα ταῦτα καὶ ἀσθματικὰ τοῦ υἱοῦ του. Ἰδοὺ δὲ πῶς ἐξήγησε τὰ λεγόμενα· «Ὁ παπα-Θοδωρὴς ὁ Σφοντύλας, ὁ σύντροφός του εἰς τὴν ἐνορίαν, ἔκλεπτε τὰς προσφοράς, μεταβιβάζων αὐτὰς διὰ τῆς ἐξωθύρας τοῦ ἱεροῦ βήματος εἰς χεῖρας τῆς συζύγου καὶ τῆς πενθερᾶς του».

Ἴσως τὸ πρᾶγμα δὲν θὰ ἦτο τόσον ἀληθές, ὅσον ὁ Ζάχος ἤθελε νὰ τὸ παραστήσῃ. Διότι οὗτος, ἀγαπῶν ὡς ὅλοι οἱ νέοι τὴν ἐξοχὴν καὶ τὴν διασκέδασιν, μετὰ δυσκολίας εἶχεν ὑπακούσει εἰς τὸ πατρικὸν κέλευσμα, ὅπως μείνῃ εἰς τὴν πόλιν, καὶ ἀφορμὴν θὰ ἐζήτει διὰ νὰ τὸ στρίψῃ καὶ μεταβῇ εἰς νυκτερινὴν ἐκδρομὴν εἰς τὰ Καλύβια, ἀφοῦ μάλιστα εὐκόλως εὕρισκε συνοδοιπόρους ὁμήλικας.

Ἀλλ᾽ ὁ παπα-Κυριάκος δὲν ἐσυλλογίσθη τίποτε. Ἐξήφθη ἀμέσως, ἠγανάκτησε, δὲν ἐκρατήθη. Ἥμαρτεν. Ἀντὶ δὲ νὰ καταφέρῃ σφοδρὸν ῥάπισμα κατὰ τῆς παρειᾶς τοῦ υἱοῦ του, καὶ νὰ ἐξακολουθήσῃ ἥσυχος τὸ καθῆκον του... ἀπέβαλεν εὐθὺς τὸ ἐπιτραχήλιον, ἐξεδύθη τὸ φαιλόνιον, καὶ διασχίσας τὸν ναὸν ἐξῆλθεν, ἀποφεύγων τὸ βλέμμα τῆς πρεσβυτέρας του, ἥτις τὸν ἔβλεπεν ἔντρομος.

Ἀλλ᾽ ὁ μπαρμπα-Μηλιὸς κάτι ὑπώπτευσεν ἐκ τῶν κινημάτων τούτων, καὶ ἐξῆλθε κατόπιν του.

Εἰς πεντήκοντα δὲ βημάτων ἀπόστασιν ἀπὸ τοῦ ναοῦ, μεταξὺ τριῶν δένδρων καὶ δύο φρακτῶν, ὁ ἑπόμενος διάλογος συνήφθη·

— Παπά, παπά, ποῦ πᾷς;

— Θὰ ᾽ρθῶ βλογημένε, τώρα, ἀμέσως πίσω.

Δὲν ἤξευρε τί νὰ εἴπῃ. Ἀλλὰ τὸ βέβαιον εἶναι ὅτι εἶχεν ἀπόφασιν νὰ καταβῇ εἰς τὴν πόλιν καὶ ζητήσῃ λόγον διὰ τὴν κλοπὴν ἀπὸ τὸν συνεφημέριόν του! Εἰς τὸ βάθος δὲ τῆς συνειδήσεώς του ἔλεγεν ὅτι εἶχε καιρὸν νὰ ἐπιστρέψῃ πρὸ τῆς ἀνατολῆς τοῦ ἡλίου, καὶ τελέσῃ τὴν λειτουργίαν.

— Ποῦ πᾷς; ἐπέμενεν ὁ μπαρμπα-Μηλιός.

— Ἂς διαβάζῃ ὁ μπάρμπ᾽ Ἀναγνώστης τὰς Πράξεις τῶν Ἀποστόλων, κ᾽ ἔφθασα.

Ἐλησμόνει ὅτι ὁ μπάρμπ᾽ Ἀναγνώστης δὲν ἠδύνατο ν᾽ ἀναγνώσῃ ἄλλα ἢ ὅσα ἀπὸ στήθους ἐγνώριζεν.

— Ἀφήνω καὶ τὴν παπαδιά μου, ἐδῶ, βλογημένε, ἐπανέλαβεν ὁ παπα-Κυριάκος, ἀμηχανῶν τί νὰ εἴπῃ· σᾶς ἀφήνω τὴν παπαδιά μου!

Καὶ λέγων ἔτρεχεν.

Ὁ μπαρμπα-Μηλιὸς ἐπανῆλθε κατηφὴς ἐντὸς τοῦ ναοῦ.

— Καλὰ τὸ ἔλεγα ἐγώ, ἐψιθύρισε.

* * *

Μεγίστη ἀπορία ἐπεκράτει ἐν τῷ παρεκκλησίῳ. Οἱ χωρικοὶ ἐκοίταζον ἐρωτηματικῶς ἀλλήλους. Ψιθυρισμοὶ ἠκούοντο.

Αἱ γυναῖκες ἠρώτων τὴν παπαδιὰ νὰ εἴπῃ αὐταῖς τί τρέχει· ἀλλ᾽ αὕτη ἦτο ἡ ὀλιγώτερον πάντων τῶν ἄλλων γνωρίζουσα.

Ἐν τούτοις ὁ ἱερεὺς ἔτρεχεν, ἔτρεχεν. Ὁ ψυχρὸς ἀὴρ ἐδρόσισεν ὀλίγον τὸ μέτωπόν του.

— Καὶ πῶς νὰ θρέψω ἐγὼ τόσα παιδιά, ἔλεγεν, ὀκτώ, μὲ συμπάθειο, κ᾽ ἡ παπαδιὰ ἐννιά, κ᾽ ἐγὼ δέκα! Ὁ ἕνας νὰ σὲ κλέφτῃ ἀπ᾽ ἐδῶ, κι ὁ ἄλλος ἀπ᾽ ἐκεῖ!…

Πεντακόσια βήματα ἀπὸ τοῦ ναοῦ, ὁ δρόμος ἐκατηφόριζε, καὶ κατήρχετό τις εἰς ὡραίαν κοιλάδα. Εἷς νερόμυλος εὑρίσκετο ἐπὶ τῆς κλιτύος ἐκείνης, παρὰ τὴν ὁδόν.

Ἀκούσας ὁ ἱερεὺς τὸν ἡδὺν μορμυρισμὸν τοῦ ῥύακος, αἰσθανθεὶς ἐπὶ τοῦ προσώπου του τὴν δρόσον, ἐλησμόνησεν ὅτι εἶχε νὰ λειτουργήσῃ (πῶς καὶ ποῦ νὰ λειτουργήσῃ;) καὶ ἔκυψε νὰ πίῃ ὕδωρ. Ἀλλὰ τὸ χεῖλός του δὲν εἶχε βραχῆ ἀκόμη, καὶ αἴφνης ἐνθυμήθη, ἀνένηψεν.

—Ἐγὼ ἔχω νὰ λειτουργήσω, εἶπε, καὶ πίνω νερό;…

Καὶ δὲν ἔπιε.

Τότε ἦλθεν εἰς αἴσθησιν.

— Τί κάμνω ἐγώ, εἶπε, ποῦ πάω;

Καὶ ποιήσας τὸ σημεῖον τοῦ σταυροῦ·

—Ἥμαρτον, Κύριε, εἶπεν, ἥμαρτον! μὴ μὲ συνερισθῇς.

Ἐπανέλαβε δέ:

—Ἐὰν ἐκεῖνος ἔκλεψεν, ὁ Θεὸς ἃς τὸν… συγχωρήσῃ… κ᾽ ἐκεῖνον κ᾽ ἐμέ. Ἐγὼ πρέπει νὰ κάμω τὸ χρέος μου.

Ἠισθάνθη δάκρυ βρέχον τὴν παρειάν του.

—Ὦ Κύριε, εἶπεν ὁλοψύχως, ἥμαρτον, ἥμαρτον! Σὺ παρεδόθης διὰ τὰς ἁμαρτίας μας, καὶ ἡμεῖς σὲ σταυρώνομεν κάθε μέρα.

Καὶ ἐστράφη πρὸς τὸν ἀνήφορον, σπεύδων νὰ ἐπανέλθῃ εἰς τὸ παρεκκλήσιον, ὅπως λειτουργήσῃ.

— Καὶ ἤθελα νὰ πιῶ καὶ νερό, εἶπε, δὲν εἶμαι ἄξιος νὰ λειτουργήσω. Ἀλλὰ πῶς νὰ κάμω; Δὲν πρέπει νὰ μεταλάβω! Θὰ λειτουργήσω χωρὶς μετάληψιν, δὲν εἶμαι ἄξιος!... «Δεῦτε τοῦ καινοῦ τῆς ἀμπέλου γεννήματος!...» Ἐγὼ ἄξιος δὲν εἶμαι!

Καὶ ἐπέστρεψεν εἰς τὸν ναόν, ὅπου μετ᾽ ἀγαλλιάσεως οἱ χωρικοὶ τὸν εἶδον.

Ἐτέλεσε τὴν ἱερὰν μυσταγωγίαν, καὶ μετέδωκεν εἰς τοὺς πιστούς, φροντίσας νὰ καταλύσῃ διὰ στόματος αὐτῶν ὅλον τὸ ἅγιον ποτήριον. Αὐτὸς δὲν ἐκοινώνησεν, ἐπιφυλαττόμενος νὰ τὸ εἴπῃ εἰς τὸν πνευματικόν, καὶ πρόθυμος νὰ δεχθῇ τὸν κανόνα.

* * *

Περὶ τὴν μεσημβρίαν, μετὰ τὴν Β΄ Ἀνάστασιν, οἱ χωρικοὶ τὸ ἔστρωσαν ὑπὸ τὰς πλατάνους, παρὰ τὴν δροσερὰν πηγήν.

Ὡς τάπητας εἶχον τὴν χλόην καὶ τὰ χαμολούλουδα, ὡς τράπεζαν πτέριδας καὶ κλάδους σχοίνων.

Ἡ δροσερὰ αὔρα ἐκίνει μετὰ θροῦ τοὺς κλῶνας τῶν δένδρων, καὶ ὁ Φταμηνίτης μὲ τὴν λύραν του ἀντέδιδε φθόγγους λιγυρούς.

Ἡ ὡραία Ξανθή, ἡ σύζυγος τοῦ Φταμηνίτου, ἐκάθητο μεταξὺ τῆς μητρός της Μελάχρως καὶ τῆς θεια-Κρατήρας, τῆς πενθερᾶς της, φροντίζουσα νὰ ἔχῃ ἐν μέρει τὰς παρειὰς κεκαλυμμένας μὲ τὴν μανδήλαν, καὶ νὰ βλέπῃ μᾶλλον πρὸς τὸν κορμὸν τῆς γιγαντιαίας πλατάνου, ὅπως μὴ τὴν κοιτάζωσιν οἱ ἄνδρες, καὶ ζηλεύῃ ὁ σύζυγός της.

Ἡ ἀδελφή της, τὸ Ἀθώ, δεκαπεντοῦτις κόρη ἄγαμος, ἄφροντις, ὡραία καὶ αὐτή, ποσάκις δὲν τὴν ἐπείραζε λέγουσα· «Ἀρή, τί τὸν ἤθελες, ἀρή; Δὲν τὸν ἔπαιρνα, νὰ μοῦ χαρίζανε τὸν οὐρανὸ μὲ τ᾽ ἄστρα... Καλύτερα νὰ γινόμουν καλόγρια!»

Τὸ βέβαιον ἦτο ὅτι ὁ Φταμηνίτης δὲν διέπρεπεν οὔτ᾽ ἐπὶ κάλλει οὔτε ἐπὶ μεγέθει σώματος, ἀλλ᾽ ἀνεπλήρου τὰς ἐλλείψεις ταύτας δι᾽ εὐστροφίας σώματος καὶ πνεύματος καὶ διὰ φαιδρότητος καὶ εὐθυμίας.

Ὁ παπα-Κυριάκος προήδρευε τοῦ συμποσίου, ἔχων ἀπέναντί του τὴν παπαδιά, βραχύσωμον, στρογγυλοπρόσωπον, μελαγχροινήν, ἀγαθωτάτην, ἥτις ἐν ἀθῳότητι ἐξεκόλαπτε σχεδὸν κατ᾽ ἔτος ἓν παπαδόπουλον, χωρὶς νὰ τὴν μέλῃ οὔτε διὰ παλληκαροβότανα, οὔτε διὰ στριφοβότανα, περὶ ἃ τυρβάζουσιν ἄλλαι γυναῖκες.

Δεξιόθεν τοῦ ἱερέως ἐκάθητο ὁ μπαρμπα-Μηλιός, προεστὼς ἅμα καὶ πρόθυμος θεράπων τῆς κοινότητος, ἠξεύρων νὰ ψήνῃ ὡς οὐδεὶς ἄλλος τὸ ἀρνί, λιανίζων μεθοδικώτατα δι᾽ ὅλους, καὶ τρώγων ἅμα καὶ προπίνων.

Εἰς τὰς προπόσεις μάλιστα δὲν εἶχεν ἐφάμιλλον. Μετὰ τὴν σύντομον καὶ τυπικὴν τοῦ ἱερέως πρόποσιν, ἐγερθεὶς ὁ μπαρμπα-Μηλιός, κρατῶν τὴν τσότραν τὴν ἑπταόκαδον, ἤρχισε νὰ χαιρετίζῃ τοὺς πάντας καὶ ἕνα ἕκαστον ὡς ἑξῆς·

— Χριστὸς Ἀνέστη! ἀληθινὸς ὁ Κύριος! Ζῇ καὶ βασιλεύει εἰς πάντας τοὺς αἰῶνας!

Εἶτα μετὰ τὸ προοίμιον, εἰσῆλθεν εἰς τὴν οὐσίαν·

— Γειά μας! καλὴ γειά! διάφορο! καλὴ καρδιά! Παπά μ᾽, νὰ χαίρεσαι τὸ πετραχήλι σ᾽! Παπαδιά, νὰ χαίρεσαι τὸν παπά σ᾽ καὶ τὰ παιδάκια σ᾽! Ξάδερφε Θοδωρή! νὰ ζήσῃς, νὰ τς χαίρεσαι! Κουμπάρε Παναγιώτη! ὅπως ἔτρεξες μὲ τὸ λάδ᾽ νὰ τρέξῃς καὶ μὲ τὸ κλῆμα! Συμπεθέρα Κρατήρα! Νὰ χαίρεσαι, μ᾽ ἕναν καλὸν γαμπρό! Ἀνιψιὲ Γιώργη! Τίμια στέφανα! στὸ γάμο σας νὰ χαροῦμε. Κουμπάρα Κυπαρισσού! μὲ μιὰ καλὴ νύφη, νὰ ζήσῃς, νὰ χαρῇς! ἐβίβα ὅλοι! Τέ-περ-τε! Πάντα χαρούμενοι! Στὴν ὑγειά σας! Σμπεθέρα Ξαθή! καλὴ λευθεριά! Στὴν ὑγειά σας! Πάντα χαρούμενοι! Πάντα μὲ τὸ καλό!

Καὶ ἀνάλογος πρὸς τὸ πρόσωπον ὑπῆρξεν ἡ πόσις.

Ἀλλὰ καὶ ὁ Φταμηνίτης ἠθέλησε νὰ προπίῃ, κατ᾽ ἄλλον ὅμως στενώτερον τρόπον· ἠθέλησε νὰ βρῇ τὴν γυναῖκά του, καὶ ἠνάγκασεν αὐτὴν ν᾽ ἀπαντήσῃ εἰς τὴν πρόποσιν·

— Μπρόμ!

— Πιὲ κὶ δό μ᾽!

— Μὲ κρασί!

— Καλῶς τ᾽ν ἀγάπη μ᾽ τὴ χρυσῆ!

Καὶ πιὼν αὐτός, μετεβίβασε τὴν τσότραν εἰς τὴν ὡραίαν Ξανθήν, ἥτις ἔβρεξε τὰ χείλη.

Εἶτα ἤρχισαν τὰ ᾄσματα. Ἐν πρώτοις τὸ Χριστὸς ἀνέστη, ὕστερον τὰ θύραθεν. Ὁ μπαρμπα-Μηλιὸς θελήσας νὰ ψάλῃ καὶ αὐτὸς τὸ Χριστὸς ἀνέστη, τὸ ἐγύριζε πότε εἰς τὸν ἀμανὲ καὶ πότε εἰς τὸ κλέφτικο.

Ἀλλ᾽ ὁ ἰδιορρυθμότερος πάντων τῶν ψαλτῶν ἦτο ὁ μπαρμπα-Κίτσος, γηραιὸς χωροφύλαξ, Χειμαρριώτης, παλαιὸς ταχτικός, λησμονημένος ἀπὸ τῆς βαυαρικῆς ἐποχῆς ἐν τῇ νήσῳ. Ἀμφέβαλλε καὶ αὐτὸς ἂν τὸν εἶχαν περασμένον εἰς τὰ μητρῷα, πότε τοῦ ἔστελναν μισθόν, πότε ὄχι. Ἐφόρει χιτῶνα μὲ ἀνοικτὰς χειρῖδας, βραχεῖαν περισκελίδα μέχρι τοῦ γόνατος καὶ τουζλούκια. Ὁ δήμαρχος τοῦ τόπου (διότι ὑπῆρχε φεῦ! καὶ δήμαρχος) τὸν εἶχε στείλει νὰ κάμῃ Πάσχα εἰς τὰ Καλύβια, διὰ νὰ φυλάξῃ δῆθεν τὴν τάξιν, καίτοι οὐδεμιᾶς φυλάξεως ἦτο ἀνάγκη. Τὸ βέβαιον εἶναι ὅτι τὸν ἔστειλε νὰ καλοπεράσῃ πλησίον τῶν ἀνοιχτοκάρδων ἐξωμεριτῶν, οἵτινες τοῦ ἤρεσκον τοῦ μπαρμπα-Κίτσου, ἂς τοὺς ἔλεγον καὶ «τσουπλακιὲς» ἢ «χαλκοδέρες». Ἐὰν ἔμενεν ἐν τῇ πόλει, ὁ δήμαρχος θὰ ἦτο ὑπόχρεως νὰ τὸν φιλεύσῃ τὸν μπαρμπα-Κίτσον, καθὼς τὸν εἶχαν κακομάθει οἱ προκάτοχοί του, ἔλεγε, — νὰ τὸν φιλεύσῃ κουλούραν καὶ αὐγά. Τί ἔθιμα!...

Ὁ μπαρμπα-Κίτσος, ἀφοῦ ἠσπάσθη τρὶς ἢ τετράκις τὴν τσότραν, ἤρχισε νὰ ψάλλῃ τὸ Χριστὸς ἀνέστη κατ᾽ ἰδιάζοντα αὐτῷ τρόπον, ὡς ἑξῆς·

Κ᾽ στὸ - μπρὲ - Κ᾽στὸς ἀνέστη

ἐκ νεκρῶν θανάτων,

θάνατον μπατήσας,

κ᾽ ἔντοις - ἔντοις μνήμασι,

ζωὴν παμμακάριστε!

Καὶ ὅμως, μεθ᾽ ὅλην τὴν ἰδιορρυθμίαν ταύτην, οὐδείς ποτε ἔψαλεν ἱερὸν ᾆσμα μετὰ πλείονος χριστιανικοῦ αἰσθήματος καὶ ἐνθουσιασμοῦ, ἐξαιρουμένου ἴσως τοῦ γνωστοῦ ἐν Ἀθήναις γηραιοῦ καὶ σεβασμίου Κρητός, τοῦ ψάλλοντος τὸ Ἄλαλα τὰ χείλη τῶν ἀσεβῶν μὲ τὴν ἑξῆς προσθήκην· «Ἄλαλα τὰ χείλη τῶν ἀσεβῶν τῶν μὴ προσκυνούντων, οἱ κερατάδες! τὴν εἰκόνα σου τὴν σεπτήν...»

Ἀληθεῖς ὀρθόδοξοι Ἕλληνες!

* * *

Περὶ τὴν δείλην εἶχεν ἀρχίσει ὁ χορός, χορὸς κλέφτικος (διότι αἱ γυναῖκες ἐπεφυλάττοντο διὰ τὴν Δευτέραν καὶ τὴν Τρίτην ὅπως χορεύσωσι τὸν συρτὸν καὶ τὴν καμάρα), καὶ ὁ παπα-Κυριάκος, μετὰ τῆς παπαδιᾶς καὶ τοῦ Ζάχου, ὅστις ἐγλύτωσε τὸ ξύλο χάριν τῆς ἡμέρας (διότι ὁ πατήρ του εἶχε θυμώσει εἶτα κατ᾿ αὐτοῦ, ὡς γενομένου αἰτίου τῆς χασμωδίας ἐκείνης), ἀποχαιρετίσαντες τὴν συντροφιάν, κατῆλθον εἰς τὴν πολίχνην.

Ὁ παπα-Κυριάκος ἔδωκε πλῆρες εἰς τὸν συνεφημέριόν του τὸ ἀπὸ τῆς ἐξοχῆς μερίδιον, καὶ οὔτε κατεδέχθη νὰ κάμῃ λόγον περὶ τῆς ὑποτιθεμένης κλοπῆς.

Ἐν τούτοις ὁ παπα-Θοδωρὴς οἴκοθεν τῷ εἶπεν ὅτι τὸ ἐκ τῆς ἐνορίας μερίδιόν του εὑρίσκετο ἐν τῇ οἰκίᾳ αὐτοῦ, τοῦ παπα-Θοδωρῆ. Ἔκρινε καλόν, εἶπε, νὰ μετακομίσῃ διὰ τῆς ἐξωθύρας τοῦ ἁγ. βήματος οἴκαδε καὶ τὰ δύο μερίδια, διὰ νὰ μὴ βλέπουν τινὲς τῶν ἄγαν ἐπιπολαίων καὶ γλωσσαλγῶσιν ὅτι οἱ ἱερεῖς ἔχουν δῆθεν πολλὰ εἰσοδήματα. «Ὁ κόσμος ξιππάζεται, εἶπεν, ἅμα μᾶς ἰδῇ μιὰ καλὴ μέρα νὰ πάρουμε τίποτε λειτουργιές, καὶ δὲν συλλογίζεται πόσες ἑβδομάδες καὶ μῆνες παρέρχονται ἄγονοι!»

Ἐντεῦθεν ἡ παρανόησις τοῦ Ζάχου.

(1890)

Η ΤΕΛΕΥΤΑΙΑ ΒΑΠΤΙΣΤΙΚΗ
ΠΡΩΤΟΤΥΠΟΝ ΠΑΣΧΑΛΙΝΟΝ ΔΙΗΓΗΜΑ

Ἂν ἄλλη τις χρηστὴ γυνὴ εἶδέ ποτε καλὰ νοικοκυριὰ εἰς τὰς ἡμέρας της, ἀναντιρρήτως εἶδε τοιαῦτα καὶ ἡ θεια-Σοφούλα Κωνσταντινιά, σεβασμία οἰκοδέσποινα ἑβδομηκονταετής, κάτοικος παραθαλασσίου κώμης εἰς μίαν τῶν νήσων τοῦ Αἰγαίου.

11

Τὴν ἐκάλουν κοινῶς Σαραντανού, καὶ πολλοὶ ὑπέθετον ὅτι τὸ ἐπίθετον τοῦτο τῇ ἀπεδόθη, διότι δῆθεν εἶχεν ἴσον μὲ σαράντα γυναικῶν νοῦν, ὅπερ δὲν ἐνομίζετο ὑπερβολή. Ἄλλοι ὅμως ἔλεγον ὅτι ἡ λέξις ἐσχηματίσθη κατὰ συγκοπὴν ἐκ τοῦ Σαραντανοννού, ἤτοι νοννὰ μὲ σαράντα βαπτιστικούς.

Τὸ βέβαιον εἶναι ὅτι, ἂν δὲν εἶχε φθάσει εἰς τὸν ἀριθμὸν τοῦτον, δύο ἢ τρεῖς μονάδες τῆς ἔλειπον, καὶ ἤλπιζε προσεχῶς νὰ συμπληρώσῃ τὴν τεσσαρακοντάδα. Ὁμολογητέον δὲ ὅτι αὐτὴ κατ᾽ ἀρχὰς εἶχε βαπτίσει οἰκειοθελῶς μόνον πέντε ἢ ἓξ νήπια τῶν γειτόνων της, ὅσα καὶ πᾶσα ἄλλη καλὴ οἰκοκυρὰ συνήθως βαπτίζει. Ἀλλ᾽ ὅταν ἅπαξ ἐγνώσθη καὶ ἀπεδείχθη ὅτι εἶχε καλὸ χέρι, τότε ὅλαι αἱ γειτόνισσαι, συγγενεῖς, παρασυγγενεῖς, κολλήγισσαι, ἤρχισαν νὰ τὴν πολιορκοῦν.

Εἶχε πάρει καλὸ ὄνομα, ὅτι τῆς ἐζοῦσαν τὰ παιδιά, ὅσα ἀνεδέχετο ἐκ τῆς κολυμβήθρας. Εἶναι δὲ τόσον σπουδαῖον νὰ εὑρεθῇ νοννὰ «νὰ τῆς ζοῦν τὰ παιδιά», ὅσον καὶ ἱερεὺς «νὰ πιάνῃ τὸ διάβασμά του».

Ἡ θεια-Σοφούλα ὅμως ὑπέφερε μετὰ χάριτος τὴν ἀγγαρείαν ταύτην. Εἶναι ἀληθές, ὅτι τὰ φωτίκια εἰς τὴν ἐποχὴν ἐκείνην, χιτὼν καὶ κουκούλιον μετὰ σταυροῦ, καθὼς καὶ τὰ μαρτυριάτικα, ἐαρινὴ βροχὴ λεπτῶν καὶ διλέπτων διὰ τοὺς ἀγυιόπαιδας, ἐκόστιζαν ἐν ὅλῳ δέκα γρόσια.

Ἡ θεια-Σοφούλα ὡμοίαζε μὲ τὴν ἐπιμελῆ ἀνθοκόμον, ἥτις δὲν ἀρκεῖται νὰ φυτεύῃ μόνον τὰ ἄνθη της, ἀλλὰ τὰ περιθάλπει καὶ τὰ καταρδεύει. Ἠγάπα τὰ πνευματικά της τέκνα ὡς τέκνα της ἐγκαρδιακά, τὰ ἐθώπευε, τὰ ἐφίλευε, καὶ τὰ ἐπαιδαγώγει.

Ὁ μπαρμπα-Κωνσταντής, ὁ πρῶτος γρινιάρης τοῦ χωρίου, δὲν συνεμερίζετο τὴν ἀδυναμίαν ταύτην τῆς συζύγου του.

— Ἄ, μπράβο! φίλευέ τα τ᾽ ἀναδεξίμια σου, μουρή!... ἐγόγγυζεν ἑκάστοτε, ὁσάκις τὴν ἔβλεπε μεριμνῶσαν περὶ τῶν ἀναδεκτῶν της· ηὗρες κι ἀλωνίζεις, μουρή!...

Ἡ θεια-Σοφούλα ὀλίγον ἀνησύχει περὶ τῆς ἰδιοτροπίας ταύτης τοῦ συζύγου της, ὅστις ἦτο ἀγαθὸς ἄνθρωπος εἰς τὰς καλάς του ὥρας. Ἔπειτα ὁ μπαρμπα-Κωνσταντὴς σπανίως ἐφαίνετο ἐν τῇ πολίχνῃ. Ἀφότου ἔπαυσε τὰ θαλάσσια ταξίδια, ἠσχολεῖτο ἀποκλειστικῶς εἰς τὴν καλλιέργειαν τῶν κτημάτων του. Κατὰ πᾶσαν πρωίαν ἵππευεν ἐπὶ τοῦ εὐρώστου ἡμιόνου του, ἐτρέπετο εἰς τοὺς ἀγρούς, καὶ ἐπανήρχετο μετὰ τὴν δύσιν τοῦ ἡλίου.

Κατ᾽ ἐκεῖνον τὸν χρόνον, περὶ τὰ 184…, ἡ θεια-Σοφούλα εἶχε φθάσει εἰς τὸ τριακοστὸν ἔνατον βαπτιστικόν. Ἓν μόνον τῇ ἔλειπε διὰ νὰ τὰ κάμη σαράντα, πρὸς ἀνάπαυσιν τῆς συνειδήσεώς της. Ἐβάπτιζεν ἀδιακρίτως ἄρρενα καὶ θήλεα, ἀλλ᾽ ἐφρόντιζε νὰ δίδη ἀκριβεῖς σημειώσεις εἰς τοὺς ἱερεῖς καὶ πνευματικούς, διὰ νὰ μὴ τυχὸν γίνη κανὲν συνοικέσιον εἰς τὸ μέλλον μεταξὺ δύο ἑτεροφύλων ἀναδεκτῶν, καὶ κολασθῇ ἡ ψυχή της.

Κατ᾽ ἔτος τὴν Μ. Πέμπτην, μεγίστη κίνησις ἐγίνετο ἐν τῇ εὐρυχώρῳ αὐλῇ τῆς οἰκίας. Ἡ θεια-Σοφούλα ἀνεσφουγγώνετο μέχρις ἀγκώνων, καὶ ἐζύμωνε μόνη της τὰς τριάκοντα ἐννέα αὐγοκουλούρας διὰ τοὺς τοσούτους βαπτιστικούς της… Ἀλλὰ πλὴν τῶν βαπτιστικῶν ὑπῆρχον καὶ τὰ ἐγγόνια καὶ τὰ δισέγγονα, καὶ ταῦτα δὲν ἦσαν ὀλιγάριθμα.

Ἐν συνόλῳ ἐχρειάζετο ἑβδομήκοντα καὶ πλέον κοκκῶνες, δηλ. παιδικὰς κουλούρας, διὰ τοὺς βαπτιστικούς, διὰ τοὺς ἐγγόνους καὶ τὰ δισέγγονα. Εἰς τὸν ἀριθμὸν τοῦτον δὲν συμπεριλαμβάνονται αἱ μεγαλύτεραι κουλοῦραι, τὰς ὁποίας παρεσκεύαζε διὰ τὰς συντεκνίσσας, διὰ τὰς ἀνεψιὰς καὶ δισεξαδέλφας της.

Μέγας δὲ ἐβόμβει ὁ ἑσμὸς τῶν ἀναδεκτῶν καὶ δισεγγόνων περὶ τοὺς ἀνθῶνας τῆς αὐλῆς κατ᾽ ἐκείνην τὴν ἡμέραν. Ἀπὸ τῆς τρίτης ὥρας τοῦ δειλινοῦ, καθ᾽ ἣν ὁ μπαρμπα-Κωνσταντὴς ἐξηγείρετο τοῦ μεσημβρινοῦ ὕπνου, μὲ δριμεῖαν ἐπικαθημένην τῆς ρινὸς τὴν χολήν, καὶ ἐφόρει τὸ τσόχινον βρακίον του, ἐπύργωνεν ἐπὶ τῆς κεφαλῆς μεγαλοπρεπὲς τὸ τυνησιακὸν φέσι του, ἐλάμβανεν ὡς σκῆπτρον τὴν μεγάλην ἠλεκτρόστομον τσιμπούκαν του, ἀνήρτα ἀπὸ τῆς ὀσφύος βαθύκολπον τὴν μεταξωτὴν καπνοσακκούλαν, καὶ κατήρχετο εἰς τὸ καφενεῖον νὰ εἰσπνεύση τὴν θαλασσίαν αὔραν, ἀπὸ τῆς ὥρας ἐκείνης ἡ εὐρεῖα καὶ τετράγωνος αὐλὴ παρεδίδετο ἐξ ἐφόδου εἰς τὴν λεηλασίαν τῶν βαπτιστικῶν καὶ τῶν δισεγγόνων. Μεγίστην εὐτυχίαν καὶ ἀνήκουστον ἡδονὴν ἐνόμιζον τότε τὰ παιδία τῆς γειτονιᾶς, ἂν κατώρθωνον νὰ παρεισδύσωσιν εἰς τὸ προαύλιον τῆς θεια-Σοφούλας, ὅπερ ἐθεωρεῖτο ὡς μυθῶδές τι. Πολλὰ αὐτῶν προέτεινον τὰς κεφαλὰς διὰ τῶν σχισμῶν τῆς κλειστῆς αὐλείου θύρας, ἥτις ἐμοχλεύετο ἔσωθεν ὑπὸ τῶν ζηλοτύπων βαπτιστικῶν διὰ τοὺς μὴ ἔχοντας ἔνδυμα γάμου.

Ἄλλα παιδία τολμηρότερα ἀνεῖρπον εἰς τὸν θριγκὸν τοῦ τοίχου τῆς αὐλῆς καὶ εὕρισκον τρόπον νὰ εἰσπηδήσωσιν ἐκεῖθεν εἰς τὰ ἔνδον. Ἀλλ᾿ ἀλλοίμονον ἂν παρετηροῦντο ὑπὸ τῶν ἀγρύπνων εὐνοουμένων. Ἀπεδιώκοντο μὲ τσιμπήματα καὶ μὲ δοντιές, ὡς ὁ κηφὴν ὑπὸ τῶν μελισσῶν.

Τὴν Μεγάλην Πέμπτην τοῦ ἔτους 185... ὅλοι οἱ ἀναδεκτοὶ ἦσαν συνηγμένοι ἐν τῇ αὐλῇ τῆς γραίας Σοφούλας. Ὁ πρεσβύτερος αὐτῶν ἦτο ἤδη νεανίας εἰκοσαετής, τὸ δὲ νεώτερον ἦτο κοράσιον διετές, εἰς ὃ ἡ νοννὰ εἶχε δώσει τὸ ὄνομά της. Τὸ βρέφος τοῦτο ἦτο τὸ τεσσαρακοστὸν πνευματικὸν γέννημα τῆς θεια-Σοφούλας.

Εἶχε γεννηθῆ τέλος τὸ ἀπὸ πολλοῦ προσδοκώμενον τοῦτο συμπλήρωμα τοῦ προωρισμένου ἀριθμοῦ, καὶ ἦτο τὸ χαδευμένον τῆς θεια-Σοφούλας. Ἡ νοννὰ ἔτρεφε φιλοδόξους σκοποὺς ὡς πρὸς τὸ μέλλον τοῦ θυγατρίου τούτου. Ἀλλὰ καὶ αὐτὸς ὁ μπαρμπα-Κωνσταντὴς ἐξ ὅλων τῶν ἀναδεκτῶν μόνον τὸ μικρὸν τοῦτο ἠνείχετο. Ἡ στοργὴ ὅμως τῆς θεια-Σοφούλας πρὸς αὐτὸ ἔφθανε μέχρι παραφροσύνης.

Τὴν ἡμέραν ἐκείνην ἡ θεια-Σοφούλα ἦτο κλειστὴ εἰς τὸ ἰσόγειον καὶ ἐζύμωνεν. Ἐκ τῶν παιδίων τινὰ τὴν ἐπολιόρκουν ἔξωθεν τῆς θύρας παραμονεύοντα.

Τὰ πλεῖστα ὅμως ἔπαιζον ταραχωδῶς περὶ τὸν ὑπερμεγέθη ληνόν, πλησίον τοῦ ἐλαιοτριβείου, τὸ κρυφτάκι, καὶ ἄλλα ἐθορύβουν περὶ τὰς κιγκλίδας τοῦ κήπου καὶ πλησίον τοῦ φρέατος.

Ἡ μικρὰ Σοφούλα, ἥτις ἦτο μόλις διετής, ὡς εἴπομεν, ἐξέπεμπε χαρμοσύνους κραυγάς, ἐψέλλιζεν ὡς νεοσσὸς χελιδόνος, καὶ ἔτρεχε καὶ αὐτὴ κατόπιν τῶν ἄλλων παιδίων. Ἡ νοννά της ἐζήτησεν κατ᾿ ἀρχὰς νὰ τὴν κρατήσῃ πλησίον της, ἀλλ᾿ ἡ μικρὰ ἐστενοχωρήθη, καὶ ἀπήτησε νὰ ἐξέλθῃ.

— Νὰ πάω κ᾿ ἐγὼ νὰ παίξω, νοννά μου;

— Τί νὰ παίξῃς ἐσύ;

— Τὸ κλυφτάκι, νοννά μου! ἐτραύλισεν ἡ μικρά.

— Δὲν παίζουν τὰ κορίτσια τὸ κρυφτάκι, τῇ εἶπεν αὐστηρῶς ἡ νοννά.

Ἡ μικρὰ δὲν ἐμεμψιμοίρησε μέν, ἀλλὰ ἐσκυθρώπασεν. Ἰδοῦσα τοῦτο ἡ νοννά, ἔκραξε τὴν Ἀθηνιώ, εἰκοσαετῆ τὴν ἡλικίαν, δουλεύτραν της, ἥτις ἦτο καὶ αὐτὴ μία τῶν βαπτιστικῶν της καὶ τῇ ἐνεπιστεύθη τὴν μικράν, συστήσασα αὐτῇ αὐστηρὰν ἐπαγρύπνησιν.

Ἀλλ᾿ ἡ Ἀθηνιὼ ἐλησμόνησεν ἅμα ἀκούσασα τὴν σύστασιν τῆς κυρίας της, καὶ ἐπειδὴ εἰς τὰς πεζούλας ἐκάθηντο τέσσαρες ἢ πέντε γειτόνισσαι, καὶ γνωρίζομεν πόσον περισπούδαστος εἶναι ἡ συνδιάλεξις τῶν ἀέργων γυναικῶν, ἐκάθισε πλησίον αὐτῶν, καὶ ἄφησε τὴν μικρὰν Σοφούλαν νὰ τρέχῃ.

Δὲν ἤρκεσε τοῦτο, ἀλλὰ παραγγελθεῖσα ὑπὸ τῆς κυρίας της νὰ ἀντλήσῃ ὕδωρ ἐκ τοῦ φρέατος, ἐγέμισε μὲν τὴν στάμνον, ἀλλὰ δὲν ἐφρόντισε νὰ κλείσῃ τὸ στόμιον τοῦ φρέατος, ὅπως τὸ εὗρε κεκλεισμένον, τὸ ἄφησε δὲ ἀνοικτόν. Ἀπροσεξία εἰς ἣν οὐδέποτε θὰ ὑπέπιπτεν ἡ γραῖα Σοφούλα ἢ ἄλλη φρόνιμος γυνή. Μή τις δὲ ἀμφιβάλῃ ὅτι τὴν σύστασιν ταύτην ἡ γραῖα ἔκαμε χιλιάκις εἰς τὴν δουλεύτραν της, ἀλλ᾿ ἡ Ἀθηνιὼ δὲν ἦτο ἐξ ἐκείνων τῶν γυναικῶν αἵτινες καθίστανται προσεκτικαί.

Εἰς τὴν ἀκμὴν λοιπὸν τῆς πλήρους ἐνδιαφέροντος συνδιαλέξεώς των, ἤκουσαν αἴφνης αἱ εἰς τὴν πεζούλαν καθήμεναι γυναῖκες κρότον τινά, ὡς πλατάγησιν σώματος πίπτοντος εἰς ὕδωρ, καὶ συγχρόνως πεπνιγμένην κραυγήν, καὶ μετ᾿ αὐτὴν δευτέραν κραυγὴν δυνατωτέραν.

Αἱ γυναῖκες ἀνωρθώθησαν αὐτομάτως.

Ἀλλὰ πρὶν αὐταὶ κινηθῶσιν, ἡ θύρα τοῦ ἰσογείου ἠνοίχθη μετὰ κρότου, καὶ ἡ θεια-Σοφούλα, ἔντρομος, ἀνυπόδητος, μὲ τὲς κάλτσες μόνον, γυμνώλενος, μὲ τὰς χεῖρας ζυμαρωμένας, ἔτρεξε πρὸς τὸ φρέαρ κράζουσα:

— Τὸ κορίτσι! τὸ κορίτσι!

Διὰ τῆς εἰς τὴν στοργὴν ἰδιαζούσης μαντείας, ἡ θεια-Σοφούλα ἐνόησεν ἀμέσως ὅτι ἡ μικρά της βαπτιστικὴ εἶχε πέσει ἐντὸς τοῦ φρέατος. Καὶ τῷ ὄντι δὲν ἠπατᾶτο.

Ἐνῷ ἔτρεχεν ἡ Σοφούλα, ἰδοῦσα ⟨τὸ⟩ στόμιον τοῦ φρέατος ἀνοικτόν, ἐπλησίασε, προσεκολλήθη ἐπὶ τοῦ χθαμαλοῦ ξυλίνου φραγμοῦ, εἶδεν ἐπὶ τοῦ ὕδατος εἰκονιζομένην τὴν ἀγγελικὴν ξανθὴν μορφήν της, ἤρχισε νὰ τῇ προσμειδιᾷ, ἔκυψεν ὑπερμέτρως, ὠλίσθησεν ἐπὶ τῆς στιλπνῆς ὡς ἐκ τῆς συχνῆς προστριβῆς τοῦ σχοινίου σανίδος, καὶ ἔπεσε κατακέφαλα ἐντὸς τοῦ φρέατος.

Αἱ ἄλλαι γυναῖκες, καὶ ἡ Ἀθηνιὼ μετ᾽ αὐτῶν, καθ᾽ ὑπερβολὴν διαστέλλουσαι τοὺς βραχίονας, ἔτρεξαν κατόπιν τῆς θεια-Σοφούλας.

—Ἕναν κουβά! ἕνα γιουρδέλι! ἐκραύγαζεν ἔκφρων ἡ γραῖα Σοφούλα.

—Ἕνα τσιγγέλι! ἔκραξε καὶ ἡ Ἀθηνιὼ σκοτισμένη· (ὡς νὰ εἶχε πέσει δηλ. εἰς τὸ φρέαρ τὸ ἰβάνιον, δι᾽ οὗ ἀντλοῦσιν ὕδωρ).

— Τὰ τσιγγέλια νὰ σὲ τραβοῦν, σκύλα! τῇ ἔκραξε μὲ κεραυνοβόλον βλέμμα ἡ θεια-Σοφούλα. Μοῦ ἔπνιξες τὸ παιδί.

Ἡ γραῖα τῷ ὄντι δὲν ἐβράδυνε νὰ ἐννοήσῃ, ὅτι τὸ δυστύχημα ὠφείλετο εἰς τὴν ἀπροσεξίαν τῆς δουλεύτρας της.

— Νὰ κατεβῶ ἐγὼ στὸ πηγάδι, νοννά, τῇ εἶπεν ἡ Ἀθηνιώ.

Ἐπειδὴ ἐβράδυνε νὰ φανῇ πουθενὰ κουβάς, διότι εἶναι γνωστὸν πόσον τὰ χάνουν οἱ ἄνθρωποι εἰς τὰς δεινὰς περιστάσεις, καὶ ἐνῷ μία τῶν γυναικῶν ἔτρεχεν ἀπ᾽ ἐκεῖ, ἄλλη ἀπ᾽ ἐδῶ, καὶ ἡ μικρὰ ἐν τῷ μεταξὺ ἐπνίγετο, ἡ θεια-Σοφούλα ἐπέτρεψεν εἰς τὴν Ἀθηνιὼ τὴν χάριν ταύτην. Ἤξευρε δὲ ἄλλως, ὅτι εἰς τοῦτο, καθὼς καὶ εἰς πᾶσαν ἄλλην ἐργασίαν εἰς τοὺς ἄνδρας μᾶλλον ἁρμόζουσαν, ἦτο ἐπιτηδεία.

Ἡ Ἀθηνιὼ λοιπὸν ἐσήκωσε τὰ φουστάνια της ὑπεράνω τοῦ γόνατος, καὶ πατοῦσα εἰς τὰς γνωστὰς αὐτῇ ἐσοχὰς τοῦ ἐσωτερικοῦ λιθοκτίστου τοῦ φρέατος, τὰς ἐπίτηδες κατασκευαζομένας εἰς πᾶσαν ὀρυχὴν φρέατος, κατῆλθε μέχρι τῆς ἐπιφανείας τοῦ ὕδατος.

Οὐδαμοῦ ἐφαίνετο ἡ μικρά.

Τὸ βάθος τοῦ ὕδατος ἦτο τρὶς ἴσον μὲ ἀνάστημα ἀνδρός, καὶ ἡ Ἀθηνιὼ δὲν ἠδύνατο νὰ προχωρήσῃ κατωτέρω.

Ἐν τῷ μεταξὺ εὑρέθη καὶ ὁ κουβάς, καὶ κατεβιβάσθη μέχρι τῶν χειρῶν τῆς Ἀθηνιῶς. Αὕτη ἔλαβε τὸ σχοινίον καὶ ἤρχισε νὰ περιστρέφῃ τὸ ἰβάνιον ἐντὸς τοῦ ὕδατος.

Ἡ θεια-Σοφούλα ὠλόλυζε καὶ ἔσχιζε τὰς παρειάς της. Ἡ καρδία της δὲν ἠσθάνετο πλέον τῆς ἐλπίδος τὴν θαλπωρήν...

Τέλος τὸ ἰβάνιον προσέκοψεν εἰς σῶμά τι ἀνερχόμενον. Ἡ μικρὰ ἀνέβη εἰς τὴν ἐπιφάνειαν, ἀλλ᾽ ἦτο ἤδη πτῶμα...

Ἡ κεφαλὴ ἦτο δεινῶς μεμωλωπισμένη. Κατενεχθεῖσα σφοδρῶς εἰς τὸ ὕδωρ εἶχε κτυπήσει ἐπὶ τοῦ λίθου, ἐζαλίσθη, κατέπιε πολὺ νερόν, καὶ δὲν ἀνῆλθε ταχέως εἰς τὴν ἐπιφάνειαν...

Ἐπὶ ζωῆς της δὲν ἐπαρηγορήθη ἡ θεια-Σοφούλα διὰ τὸ οἰκτρὸν τοῦτο ἀτύχημα. Ἴσα ἴσα ἡ τελευταία βαπτιστική της!...

Διετήρησε δὲ τὴν πρὸς τὴν ἀθώαν νεκρὰν στοργήν της μέχρι εὐσεβοῦς προλήψεως. Ζήσασα ἐπὶ ἱκανὰ ἔτη ἀκόμη, κατεσκεύαζεν ἀνελλιπῶς κατ᾽ ἔτος τῇ Μ. Πέμπτῃ τὴν κοκκώνα τῆς ἀτυχοῦς μικρᾶς, καὶ τὴν Κυριακὴν τοῦ Πάσχα, ἅμα ἐπέστρεφε τὸ πρωὶ ἀπὸ τῆς λειτουργίας τῆς Ἀναστάσεως ἤνοιγε, τότε μόνον, τὸ ἄχρηστον μεῖναν φρέαρ καὶ ἔρριπτεν εἰς τὸ ὕδωρ τὴν κοκκώναν καὶ τὰ κόκκινα αὐγὰ τῆς μικρᾶς Σοφούλας της.

Ἐβεβαίου δὲ ἡ ἀγαθὴ γυνή, ὅτι ἀνεξήγητος εὐωδία ἀνήρχετο τότε ἀπὸ τοῦ ὕδατος, ὡς θυμίαμα ἀθώας ψυχῆς ἀναβαῖνον πρὸς τὸν θεάνθρωπον Πλάστην.

(1888)

ΣΤΗΝ ΑΓΙ-ΑΝΑΣΤΑΣΑ

Πέντε ἄνδρες εἶχον κατέλθει εἰς τὸ Πρυΐ, μίαν Κυριακὴν τοῦ Ἰουλίου τοῦ ἔτους 1875, καὶ ἐκ τῶν πέντε τούτων οἱ τρεῖς ἦσαν ἀρχαιολόγοι μὲ δίοπτρα. Ἀλλ᾽ ἐκ τῶν τριῶν, ὁ πρῶτος ἀπεφαίνετο ὅτι τὸ σωζόμενον ἐκεῖ ἐρείπιον ἦτο ναὸς εἰδωλολατρικός, ὁ δεύτερος ἰσχυρίζετο ὅτι ἦτο χριστιανικὴ ἐκκλησία, ἂν δὲν ἦτο βαλανεῖον ρωμαϊκόν, καὶ ὁ τρίτος ἐπέμενεν ὅτι ἦτο, τὸ πολύ, ἀρχοντικὸν μέγαρον, ἤτοι πύργος βενετικός, ἐπικαλούμενος ὑπὲρ τῆς γνώμης του καὶ τὸ ὄνομα Πρυΐ, ὅπερ ἔλεγε σχηματισθὲν ἐκ τοῦ Πυργί, κατὰ μετάθεσιν γραμμάτων. Τοῦ τελευταίου τὴν γνώμην ἠσπάζετο ἀπροκαλύπτως, μετέχων τῆς ἐκδρομῆς, καὶ ὁ δημοδιδάσκαλος τοῦ χωρίου, ὅστις εἶχεν ἀνεγνωρισμένην εἰδικότητα εἰς τὴν ἐτυμολογίαν. «Τὸ ἄιντε εἶναι ἀπ᾽ τὸ ἄγε δή, τὸ ἀρή, κλητικὸν ἐπιφώνημα τῶν γυναικῶν τοῦ τόπου, εἶναι ἀπ᾽ τὸ ἀρίστη, τὸ βρὲ εἶναι ἀπ᾽ τὸ μῶρε - (μωρὲ - μ᾽ρὲ - μβρὲ - μπρὲ) βρέ». Κ᾽ ἐξετόξευε κεραυνοὺς ἀγανακτήσεως κατ᾽ ἐκείνων οἵτινες ζητοῦσι τουρκικὴν παραγωγὴν διὰ τὰς λέξεις, ἐνῷ εἶναι τόσον εὔκολον, ἔλεγε, ν᾽ ἀνευρίσκωμεν παντοῦ ῥίζαν ἑλληνικήν.

Ἰδοὺ πῶς συνέβη τὸ πρᾶγμα. Ὁ δήμαρχος τῆς πολίχνης, τὸ δεύτερον πρὸ ἔτους ἐκλεχθείς, εἶχε φιλοτιμηθῆ νὰ καλέσῃ εἰς ἑστίασιν, ἐπάνω, εἰς τὸν Προφήτην Ἠλίαν, τοὺς τρεῖς ἀρχαιολόγους, μετ᾽ αὐτῶν δὲ καί τινας ἄλλους φίλους του. Ἡ συνοδία εἶχεν ἀνέλθει ἐπὶ ὀναρίων, ἀπὸ τῆς αὐγῆς, τὸν μέγαν ἀνήφορον, εἰς ἑκατοντάδων τινῶν μέτρων ὕψος, ὅστις ἐφαίνετο εἰς τοὺς ἀγαθοὺς νησιώτας τόσον ὑψηλός, ὅσον καὶ ὁ Κίσσαβος. Ἔφθασαν εἰς τὸν Ἅγιον Ἠλίαν ἅμα τῇ ἀνατολῇ τοῦ ἡλίου, καὶ ἀφοῦ ἐδροσίσθησαν ὑπὸ τὴν ἐξαίσιον φυλλάδα τῶν μεγαλοπρεπῶν πλατάνων, κ᾽ ἔπιον ὕδωρ ἐκ τῆς ἀμφιλαφοῦς κρήνης, τῆς προχεούσης εἰς ὅλην τὴν μαγευτικὴν κοιλάδα τὰ διαυγῆ της νάματα, οἱ μὲν ἄλλοι ἐστρώθησαν ὑπὸ τὰς πλατάνους, καὶ παρηκολούθουν μὲ βλέμμα θωπευτικὸν τὸ ὁλονὲν ῥοδίζον ἀρνὶ εἰς τὴν σούβλαν, περιμένοντες ὅσον οὔπω ν᾽ ἀπολαύσωσιν ὡς «προφταστήρα» τὸ ὀρεκτικὸν κοκορέτσι, οἱ δὲ πέντε ἐκ τῆς συνοδίας ἐπέβησαν ἐκ νέου εἰς τὰ ὀνάριά των καὶ διευθύνθησαν εἰς τὸ Πρυΐ. Ἀνέβησαν εἰς τὸ ψήλωμα τοῦ βουνοῦ, ἐκεῖθεν ἐκατηφόρισαν δεξιά, διέτρεξαν τὴν θέσιν τὴν καλουμένην «τ᾽ Μανώλ᾽ ἡ σουφριά», καὶ μετὰ πορείαν μιᾶς ὥρας ἔφθασαν εἰς τὸ Πρυΐ. Ἐστράφησαν δυτικώτερον πρὸς τὰ ἀριστερά, ὁδεύοντες εἰς σύσκιον δρομίσκον ὑπὸ ἀδελφωμένας δρῦς καὶ πτελέας, καὶ τέλος ἔφθασαν εἰς τὸ παλαιὸν ἐρείπιον.

Ὁ συνοδίτης τῶν τριῶν ἀρχαιολόγων καὶ τοῦ δημοδιδασκάλου, ὁ πέμπτος, νεανίας εἰκοσαέτης, εἶχε κατὰ τὸ φαινόμενον, τὸ ἀξιώτερον ὑποζύγιον ὑπὲρ πάντας τοὺς λοιπούς, ὑψηλὸν ὄνον, εὔρωστον, πλατυκόκκαλον, καὶ ὑποκοκκινίζοντα τὸ τεφρὸν τρίχωμα. Καὶ ὅμως, ἀντὶ νὰ τρέχῃ πρῶτος, ἤρχετο τελευταῖος πάντων τῶν συνοδοιπόρων. Ὁ ὄνος ἐφαίνετο ἀναίσθητος εἰς ὅλους τοὺς κτύπους ὅσους τοῦ ἔδιδεν εἰς τὰ νῶτα ὁ ἀναβάτης, μὲ τὴν ῥάβδον του πρῶτον, εἶτα μὲ αὐτὸ τὸ σχοινίον τοῦ καπιστρίου. Ἐφαίνετο ὅτι δὲν εἶχε φάγει καλὰ τὸ χόρτον του ἢ τὸ ἄχυρόν του, ἢ ὅτι ἦτο ἀποφασισμένος νὰ πεισμώσῃ ἐκ παντὸς τρόπου τὸν ἀναβάτην. Ὅσον οὗτος ἐκτύπα, τόσον ὀκνότερος ἐγίνετο ἐκεῖνος. Ἐνίοτε ἐδοκίμαζε νὰ τὸν ἐρεθίσῃ ὑπὸ τὴν κοιλίαν διὰ τῶν ὑποδημάτων του. Ὅλα εἰς μάτην. Καὶ ἦτο θαῦμα πῶς κατώρθωσε νὰ μὴ χάνῃ ἀπὸ τοὺς ὀφθαλμοὺς τοὺς πολλὰ βήματα προπορευομένους αὐτοῦ τέσσαρας ἄνδρας, ὧν οἱ δύο εἶχον ἀκολουθοῦντας καὶ τοὺς ἀγωγιάτας των. Οὗτοι δ᾽ ἔβλεπον ἀδιάφοροι τὴν βάσανον τοῦ τελευταίου ἀναβάτου, ὅστις ἄλλως δὲν κατεδέχετο νὰ κράξῃ αὐτοὺς εἰς βοήθειαν. Τέλος ἔφθασε καὶ οὗτος εἰς τὸ μέρος, ὅπου ἦτο τὸ σωζόμενον ἐρείπιον.

Μετὰ τὴν γενομένην ἐπίσκεψιν καὶ τὰς εἰκασίας, ἃς ἐξέφεραν οἱ τρεῖς σοφοὶ περὶ τοῦ τί νὰ ἦτο καὶ κατὰ ποίαν ἐποχὴν νὰ εἶχε κτισθῆ τὸ ἐρείπιον, οἰκτείραντες καὶ τοὺς ἁρμοδίους διατί νὰ μὴ διατάξωσι ν᾽ ἀνασκαφῇ ὁ χῶρος ἐκεῖνος, ἡ μικρὰ συνοδία ἐξεκίνησεν, ἐπιστρέφουσα πρὸς συνάντησιν τῶν λοιπῶν μελῶν τῆς ἐξοχικῆς ἐκδρομῆς. Ἀλλ᾽ οἱ τρεῖς ἀρχαιολόγοι καὶ ὁ δημοδιδάσκαλος εἶχαν φθάσει πρὸ πολλοῦ εἰς τὸν Ἅγιον Ἠλίαν, καὶ εἶχαν φάγει τὸ κοκορέτσι, καὶ εἶχαν πίει ἀνὰ δύο μαστίχας, καὶ ἤδη μετέβησαν εἰς τὸ σπληνάντερον (ἦτο ἑνδεκάτη ὥρα πρὸ τῆς μεσημβρίας), ὁ δὲ πέμπτος συνοδίτης, μείνας πολὺ ὀπίσω δὲν εἶχε φανῆ ἀκόμη. Παρῆλθε δὲ μία ὥρα, καὶ εἶχαν στείλει τοὺς δύο ἀγωγιάτας ὀπίσω, πρὸς ἀναζήτησίν του, ὅταν αἴφνης τὸν βλέπουσι θριαμβευτικῶς ἐλαύνοντα ἐπὶ τοῦ ὄνου του, ὅστις ἔτρεχεν ὡς ἀτμάμαξα τὴν φορὰν ταύτην, καὶ ἐρχόμενον ὄχι ἐκ δυσμῶν, ἀπ᾽ ἐκεῖ ὅπου τὸν ἐπερίμεναν ὅλοι νὰ ἐμφανισθῆ, ἀλλ᾽ ἐξ ἀνατολῶν, ἀπὸ τὸ ἀντίθετον μέρος, ὡς νὰ ἤρχετο δηλαδὴ ἀπὸ τὴν πολίχνην.

Οὐδὲν ἀπιθανώτερον τῆς ἁπλῆς ἀληθείας. Ὅλη ἡ συνοδία τότε δὲν ἤθελε νὰ πεισθῆ ὅτι ὁ νέος ἐκεῖνος δὲν τὸ ἔκαμεν ἐπίτηδες, διὰ νὰ τοὺς ἐκπλήξῃ. Καὶ ὅμως ἰδοὺ τί εἶχε συμβῆ. Ὁ εὔρωστος ὄνος, ἐννοήσας, φαίνεται, τὴν ἀδυναμίαν τοῦ ἀναβάτου, τὸ εἶχε παρακάμει τὴν φορὰν ταύτην, ἀφοῦ μάλιστα ἦτο καὶ ἀνήφορος εἰς τὴν ἐπιστροφήν. Δὲν ἤθελεν ἀπολύτως νὰ βαδίσῃ. Ἐπήγαινε μὲ βραδύτητα χελώνης. Οἱ τέσσαρες λόγιοι εἶχαν προπορευθῆ τόσον, ὥστε ὁ πέμπτος συνοδίτης τοὺς ἔχασε, καὶ δὲν τοὺς ἔβλεπε πλέον οὔτε τοὺς ἤκουε. Πολὺ δὲν ἐβράδυνε νὰ ἐννοήσῃ ὅτι εἶχε χάσει τὸν δρόμον, καὶ εἶχε στραφῆ, αὐτὸς ἢ ὁ ὄνος του, ἀνατολικώτερον, πρὸς βαθὺ ρεῦμα, ὑγρόν, σύνδενδρον, σκιερόν, ἀναμέσον δύο ὑψηλῶν κορυφῶν. Ἐκεῖ ἀνεγνώρισε τὸ μέρος. Ἦτο τὸ «Κρύο Πηγάδι». Βαρυνθεὶς νὰ κτυπᾷ ἀνωφελῶς τὸν ὄνον, μὲ τοὺς μηροὺς αἱμωδιῶντας, ἐπέζευσε, καὶ κρατῶν τὸ καπίστρι μὲ τὴν ἀριστεράν, τὸ ραβδίον μὲ τὴν δεξιάν, ἐδοκίμασεν ἂν θὰ ἠνάγκαζε τὸν ὄνον νὰ βαδίσῃ ἐλαύνων ὄπισθεν. Ἐκεῖ, μὲ τὸ λεπτὸν ραβδίον του, ρεμβός, χωρὶς νὰ τὸ σκεφθῇ, ἐκέντησε τὸ ζῷον ὑπὸ τὸ σάγμα ὄπισθεν, εἰς τὰ νεφρά. Τότε διὰ μιᾶς ὁ ὄνος ἔλαβε τοιοῦτον ἀπίστευτον δρόμον, ὥστε ὁ νέος ἐξαφνίσθη, καὶ ὀλίγον ἔλειψε νὰ τοῦ φύγῃ τὸ καπίστρι ἀπὸ τὴν χεῖρα. Τότε λοιπὸν ηὗρε «τὸν σφυγμὸν» τοῦ ὀναρίου. Ἐπέβη ἐκ νέου, καὶ «ποῦ σὲ σφάζ᾽, ποῦ σ᾽ πονεῖ;» ἤρχισε νὰ κεντᾷ, ἀλύπητα· τὸ ὀνάριον ἔτρεχεν ὡς βαποράκι. Ἀναγνωρίσας δὲ τὸν δρόμον, ὁ ἀναβάτης ἐστράφη δεξιά, καὶ ἐντὸς ὀλίγων λεπτῶν, ἀπὸ τοῦ ἀνατολικοῦ μέρους, ἔφθασε καλπάζων εἰς τὸν Προφήτην Ἠλίαν· ἔφθασε δὲ ἀκριβῶς τὴν στιγμὴν καθ᾽ ἣν ὁ Δημήτρης ὁ Μιχογιάννης περιτέχνως λίαν ἐλιάνιζε τὸ ψητό, κ᾽ ἐστρώνετο ὑπὸ τὰ πελώρια δένδρα ἡ ἀπὸ φτέρες καὶ φυλλάδες πλατάνου εὐώδης τράπεζα.

Ἀλλ᾽ ὁ Δημήτρης ὁ Μιχογιάννης δὲν ἤξευρε μόνον νὰ ψήνῃ εἰς τὴν σούβλαν καὶ νὰ λιανίζῃ τὸ σφαχτό· ἤξευρε νὰ διηγῆται καὶ χρονικά τινα ἐκ τοῦ βίου τῶν ποιμένων καὶ τῶν αἰπόλων κατὰ τὸ Πρυΐ, ὅπου ἐγγὺς εἶχεν ἀνατραφῆ καὶ αὐτός.

* * *

Ὁ Γιάννης ὁ Κούτρης, ὑψηλός, τεσσαρακοντούτης, ἄτριχος τὸ πρόσωπον, ἀρχίζων ἤδη νὰ ρυτιδοῦται, ὅμοιος μὲ γριάν, εἶχε συλλάβει τὸ ἔτος ἐκεῖνο (ἤτοι πρὸ δύο σχεδὸν μηνῶν), διὰ τὸ Πάσχα, τολμηρὸν σχέδιον. Οἱ ποιμένες τῶν Καλυβιῶν, ὁλόκληρον συνοικίαν ἀποτελοῦντες, ἐκκλησιάζοντο εἰς τὸν Ἀϊ-Γιώργη τῆς Κ᾽στοδουλίτσας, οἱ αἰπόλοι τῶν Καμπιῶν, τῆς Μυγδαλιᾶς καὶ τοῦ Κουρούπη, ἐλειτουργοῦντο εἰς τὸν Ἅγιον Χαράλαμπον. Οἱ ἄμοιροι βοσκοὶ τῆς Κεχρεᾶς, τ᾽ Ἀϊ-Κωνσταντίνου, τ᾽ Ἀϊ-Θανασιοῦ, τῶν Μποστανιῶν καὶ ἄλλων μερῶν, ἦσαν σκόρπιοι «σὰν τοῦ λαγοῦ τὰ τέκνα». Ὁ Γιάννης ὁ Κούτρης, ὅστις ἐπεκαλεῖτο καὶ «Γιάννης ἡ Γριά», ἐζήλευε πολὺ τὸν δεύτερον ἐξάδελφόν του, Γιάννην τὸν Λαδίκαν, ὅστις ἔκαμνε τὸν ἐπίτροπον εἰς τὸν Ἀϊ-Γιώργη τῆς Κ᾽στοδουλίτσας, καὶ εἰς ὅλα τὰ ἐξωκκλήσια ὅπου ἐτελοῦντο πανηγύρεις, ἁρπάζων ἀπὸ τὰ μανουάλια τὰ συνημμένα εἰς ὀγκώδεις δέσμας ἡμίκαυστα κηρία, πατῶν αὐτὰ μὲ τὰ τσαρούχια του διὰ νὰ τὰ σβήσῃ, κάτω εἰς τὰς πλάκας τοῦ ἐδάφους τοῦ ναοῦ, προφασιζόμενος ὅτι ἦτο φόβος μὴ λαμπαδιάσουν, ἂν τὰ ἄφηνε ν᾽ ἀποκαῶσι. Ὁ ἴδιος προέτεινε κ᾽ ἔκτακτον δίσκον, περιερχόμενος τὰς τάξεις τῶν πανηγυριστῶν, συλλέγων ἐράνους «γιὰ νὰ φτιαστοῦν οἱ ἐκκλησιές». «Ἦταν τάχα, Θεὸς νὰ μᾶς σχωρέσῃ, καὶ παστρικὰ τὰ χέρια του;» Ὅλα ταῦτα ἐκίνουν τὴν ἀντιζηλίαν τοῦ Γιάννη τοῦ Κούτρη. Ἀπὸ τὴν καθαρὰν ἑβδομάδα τοῦ εἶχεν ἔλθει ἡ ἰδέα, καὶ καθ᾽ ὅλην τὴν τεσσαρακοστὴν τὴν ἐπώαζεν. Ἐμελέτα ν᾿ ἀποσπάσῃ ἀπὸ τὸ ἐκκλησίασμα τοῦ Ἁγ. Χαραλάμπους τὸν Γιώργη τὸν Τρυγολόγο, μὲ τὴν φαμίλιαν του, τοὺς Μιχαλογιανναίους, πατέρα καὶ υἱόν, καὶ τοὺς Μαυροδημαίους, τέσσαρας ἀδελφοὺς μὲ τὰς γυναῖκας, καὶ τὰ τέκνα των, ὅπως τοὺς σύρῃ πρὸς τὸ Πρυΐ, εἰς τὸ κατάμερον τὸ ἰδικόν του, κ᾿ ἐκεῖ μετὰ τῶν ὑπαρχόντων τριῶν ἢ τεσσάρων ἄλλων αἰπόλων, νὰ καλέσωσιν ἱερέα, ὅπως ἑορτάσωσι κατ᾿ ἰδίαν τὸ Πάσχα.

* * *

Ὅσον δυνατὸς καὶ ἂν ἦτο εἰς τὴν ἐτυμολογίαν ὁ διδάσκαλος, περὶ οὗ ἐμνήσθημεν ἐν ἀρχῇ, ἓν πρᾶγμα παραδόξως ἐλησμόνει, ὅτι τὸ ἐρείπιον ἐκαλεῖτο ὑπὸ τοῦ λαοῦ Ἁγία Ἀναστασιά. Ἀνατολικὸν ἦτο τὸ σῳζόμενον τμῆμα τοῦ τοίχου, καμπύλον πρὸς τὰ ἔξω, καὶ φυσικὰ τὸ ἐξελάμβανέ τις ὡς χιβάδα τοῦ ἱεροῦ βήματος βυζαντινοῦ ναοῦ. Μόνον ὅτι ἦτο ἐκ λίθων μεγάλων, ὄγκων μαρμάρου ὀρθογωνίου σχήματος, λευκῶν, ὁμαλῶς εἰργασμένων, καὶ κατὰ τὰ ἄλλα ὡμοίαζε μὲ τὰ λείψανα τῶν πελασγικῶν τειχῶν. Τὸ τειχίον τοῦτο, ὑψηλὸν ὡς ἀνάστημα ἀνδρός, ἵστατο ὄρθιον ἀκόμη. Ἄλλα λείψανα τοῦ κτιρίου δὲν ἐφαίνοντο, καὶ δυσκόλως ἠδύνατό τις νὰ εἰκάσῃ τὸ σχῆμα, τὸ μέγεθος καὶ τὸν προορισμὸν τῆς οἰκοδομῆς. Ἐν τοσούτῳ ἐκαλεῖτο Ἁγία Ἀναστασιά.

Ἔσωθεν τοῦ μικροῦ τείχους δὲν ἐφαίνετο θυσιαστήριον. Δὲν ὑπῆρχεν ἴχνος ἐπιχρίσματος ἢ τοιχογραφίας ἢ ἄλλο γνώρισμα. Ἀλλ᾿ ἐντεῦθεν, ἴσως, πρὸ ὀκτὼ ἢ δέκα αἰώνων, ν᾿ ἀνεπέμπετο εἰς τὸν θρόνον τοῦ χριστιανικοῦ Θεοῦ ὁ καπνὸς τοῦ θυμιάματος, καὶ ἴσως νὰ προσεφέρετο ἐπὶ βωμοῦ μὴ σῳζομένου, ἡ λογικὴ καὶ ἄχραντος θυσία, κατὰ τὴν τάξιν Μελχισεδέκ, ὅστις ἱερεὺς ὢν τοῦ Θεοῦ τοῦ Ὑψίστου «ἐξήνεγκεν ἄρτους καὶ οἶνον», ὡς λέγει ἡ Γραφή.

Ἁγία Ἀναστασιὰ ἐκαλεῖτο. Ἴσως τὸ πάλαι νὰ ἦτο ναὸς τῆς Κόρης τῆς ἐξ Ἅιδου ἢ τῆς Ἑκάτης τῆς φαρμακίδος, καὶ οἱ χριστιανοί, οἱ φυσικοὶ κληρονόμοι τῆς θανούσης εἰδωλολατρίας, τὸν ἐβάπτισαν μετονομάσαντες ναὸν τῆς Φαρμακολυτρίας, κατ᾿ ἀντίφρασιν, ἢ τῆς Ρωμαίας, ἁπλῶς κατὰ σχέσιν ἐτυμολογικήν. Καὶ ὁ παπ᾿ Ἀγγελής, ὃν εἶχε παρακαλέσει ὁ Γιάννης ὁ Κούτρης νὰ ὑπάγῃ νὰ τοὺς λειτουργήσῃ τὴν ἡμέραν τοῦ Πάσχα, ἠγνόει εἰς ποτέραν τῶν δύο ὁμωνύμων ἦτο καθιερωμένος τὸ πάλαι ὁ ναός. Διότι ὑπάρχουσι δύο Ἅγιαι Ἀναστασίαι, ἡ Ρωμαία καὶ ἡ Φαρμακολύτρια.

Ἀλλὰ μὴ βλέπων θυσιαστήριον οὔτε κανδήλας οὔτε εἰκόνας, καὶ μὴ γνωρίζων ὑπαίθριον λειτουργίαν (τόλμημα τὸ ὁποῖον θὰ τοῦ ἐφαίνετο ὡς ἁπλῆ εἰς τὴν εἰδωλολατρίαν ἐπάνοδος), ἐζήτησε δι᾽ ἀφελοῦς σοφίσματος νὰ πείσῃ τοὺς ἀξέστους αἰπόλους, ὅτι τὸ καλύτερον θὰ ἦτο νὰ ὑπάγουν νὰ λειτουργήσωσιν εἰς τὴν Ἁγίαν Ἄνναν, μικρὸν ἀπέχουσαν. «Κ᾽ ἡ Ἁγία Ἄννα, εἶπεν, εἶναι μισὴ Ἁγία Ἀναστασιά». Ἀλλ᾽ ὁ Γιάννης ὁ Κούτρης, πονηρὸς σπανός, τοῦ ἀπήντησεν ὅτι αὐτοὶ «δὲν ἤθελαν νὰ κάμουν μισὴ Ἀνάσταση, ἀλλ᾽ Ἀνάσταση σωστή».

Οἱ αἰπόλοι ἐφρόνουν ὅτι ἡ Ἁγία Ἀναστασιὰ εἶναι αὐτὴ ἡ Ἀνάστασις. Καὶ βεβαίως δὲν ἠδύναντο νὰ εἶναι εὐμαθέστεροι τοῦ γέροντος ἐκείνου ἱερέως, ὅστις, ἐρωτηθεὶς πρὸ χρόνων ἂν ἡ Ἁγία Κυριακὴ ἢ ἡ Μεταμόρφωσις εἶναι μεγαλυτέρα, ἀπήντησεν ἀδιστάκτως ὅτι «ἡ Ἁγία Κυριακὴ εἶναι μεγαλύτερη, διότι ἑορτάζεται καθ᾽ ἑβδομάδα, ἐνῷ ἡ Μεταμόρφωσις μόνον μιὰ φορὰ τὸν χρόνον εἶναι». Καὶ μήπως πλεῖστοι, ἀκόμη καὶ σήμερον, δὲν νομίζουν ὅτι ὁ περίκλυτος ναὸς τῆς τοῦ Θεοῦ Σοφίας εἶναι εἰς τιμὴν τῆς μεγαλομάρτυρος Ἁγίας τῆς ΙΖ´ Σεπτεμβρίου;

* * *

Ὁ Γιάννης ἡ Γριὰ δὲν ἤθελε μόνον νὰ ἑορτάσῃ μὲ τοὺς συννομεῖς του χωριστὰ τὴν Ἀνάστασιν, εἰς τὸ κατάμερόν του, ἀλλ᾽ ἐπεθύμει καὶ νὰ τελεσθῇ ἡ Ἀνάστασις αὕτη ὄχι εἰς ἄλλην ἐκκλησίαν, ἀλλ᾽ ὡρισμένως εἰς τὴν Ἁγία Ἀναστασά. Ἀφοῦ τὸ πάλαι ἦτο ἐκκλησία, ἀφοῦ ὁ χῶρος ἦτο καθιερωμένος εἰς λατρείαν Χριστοῦ, διατί τάχα νὰ μὴ λειτουργῆται; Μάτην ὁ παπ᾽ Ἀγγελὴς ἐξώδευεν ὅλην τὴν ὀλίγην μάθησίν του καὶ τὴν ἔμφυτον λογικήν του διὰ νὰ τὸν πείσῃ ὅτι ἐζήτει παράλογα. Ὁ αἰπόλος ἔμεινεν ἀμετάπειστος.

—Πῶς θὰ λειτουργήσω, βλοημένε, σὲ ξεσκέπαστο μέρος; τοῦ ἔλεγεν ὁ ἱερεύς. Εἶδες ποτέ σου λειτουργία ἀποκάτ᾽ ἀπ᾽ τ᾽ ἀστέρια;

—Καὶ μήγαρις ἡ Ἀνάσταση δὲν ψάλλεται παντοῦ στὸ ξεσκέπαστο; ἀντέλεγεν ὁ βοσκός. Ἔχουν, ἂς ποῦμε, ἐκκλησιὲς καλοχτισμένες, μὲ πλάκες καὶ μὲ κεραμίδια, καὶ βγαίνουν, κατάλαβες, ἀπ᾽ τὴν ἐκκλησιὰ ὄξου γιὰ νὰ κάμουν Ἀνάσταση· κ᾽ ἐμεῖς ποὺ δὲν ἔχουμ᾽ ἐκκλησιά, ἂς ποῦμε, δὲν μποροῦμε, κατάλαβες, νὰ κάμουμ' Ἀνάσταση σ' ἕνα ξέσκεπο μέρος, ποὺ ἦταν μιὰ φορὰ κ' ἕναν καιρό, κατὰ πῶς λένε, ἐκκλησιά;

Ὁ ἱερεὺς τὸν ἐκοίταξεν ἐν ἀμηχανίᾳ πρὸς στιγμήν, εἶτα τὸ βλέμμα του ἐφωτίσθη, ὡς νὰ τοῦ ἦλθεν ἰδέα, καὶ εἶπε:

— Κάμνουν Ἀνάσταση ὄξου ἀπ' τὶς ἐκκλησιές, ναί· μὰ λειτουργία;... Πῶς θὰ λειτουργήσουμε;

— Ἀπάνου στὰ μάρμαρα, ποὺ ἦταν μιὰ τ' ἀι-δῆμα, ἂς ποῦμε.

— Μὰ δὲν εἶναι Ἁγία Τράπεζα ἐγκαινιασμένη.

— Τὸν παλαιὸ καιρό, ποὺ τὴν εἶχαν κτίσει, κατάλαβες, δὲν ἦταν συγκαινιασμένη;

— Τὸ Πηδάλιο λέει ὅταν βεβηλωθῇ μία ἐκκλησία, νὰ μὴ λειτουργιέται, ἂν δὲν ξανακτισθῇ κ' ἐγκαινιασθῇ πάλι.

Ἐπὶ τέλους ὁ παπ' Ἀγγελὴς ἴσως θὰ τὸν ἔπειθε νὰ μεταβῶσιν εἰς τὴν Ἁγίαν Ἄνναν, ἥτις δὲν ἀπεῖχε πολύ, καὶ ἦτο κι αὐτή, κατὰ δεύτερον λόγον, γειτόνισσά του, ὅπως ἐκαυχᾶτο ὁ αἰπόλος λέγων ὅτι τὴν Ἁγία Ἀναστασιὰ «τὴν εἶχε γειτόνισσα». Ἀλλ' ὁ ἀγαθὸς ἱερεὺς δὲν ἔπειθεν ὁ ἴδιος τὸν ἑαυτόν του ὅτι ἠδύνατο ἀκατακρίτως νὰ λειτουργήσῃ καὶ εἰς τὴν Ἁγίαν Ἄνναν. Ὁ ναΐσκος εἶχε τὴν στέγην του, τὸ θυσιαστήριον εἰσέχον ἔγκτιστον εἰς τὸν τοῖχον, καὶ ἡ Πρόθεσις, ἐκαλύπτοντο ἀπὸ δύο σπιθαμὰς χώματος καὶ λίθων, πεσόντων ἀπὸ τοῦ ὕψους τῆς χιβάδος, τὸ εἰκονοστάσιον ἦτο ὀρθὸν ἀκόμη, ἀλλ' αἱ θυρίδες του ἔχασκον ἔρημοι εἰκόνων, καὶ τὰ δύο παράθυρα τοῦ βορείου καὶ τοῦ νοτίου τοίχου ἔφεγγον καὶ αὐτὰ ἄφρακτα, καὶ ὁ ἄνεμος ἐβόιζεν εἰσπνέων δι' αὐτῶν καὶ ἐκπνέων. Ὡμοίαζε μὲ γραῖαν νωδήν, μὲ τὰς κόγχας κενὰς ὀμμάτων, μὲ τὰ ὦτα βομβοῦντα ἀπὸ ἤχους φαιδρῶν φωνῶν παιδίων, χλευαζόντων σκληρῶς τὴν ἀδυναμίαν της. Δὲν ὑπῆρχεν οὔτε κανδήλιον εὐσεβῶς ἀναφθὲν ἐκ ταξίματος εὐλαβοῦς προσκυνητρίας οὔτε μανουάλιον διαχέον παρήγορον φῶς εἰς τὰς ἠμαυρωμένας μορφὰς τῶν ἠκρωτηριασμένων εἰς τοὺς τοίχους ὀλίγων ἁγίων. Τὸ παρεκκλήσιον ἦτο ἀφιερωμένον ποτὲ εἰς τὸ Γενέσιον τῆς Θεοτόκου, κ' ἐκαλεῖτο συνήθως Παναγίτσα, ὑπ' ἄλλων δὲ Ἁγία Ἄννα. Ἀλλ' ὁ παπ' Ἀγγελὴς ἐδίσταζεν ἄν, καὶ μὲ ἀλλαχόθεν δανειζομένας εἰκόνας, καὶ μὲ ἀναρτώμενα προχείρως κανδήλια, ἐπετρέπετο νὰ τελέσῃ λειτουργίαν ἐκεῖ.

Τέλος ὁ ἱερεὺς εὗρε μέσον τινὰ ὅρον, καὶ τὸν ἀνεκοίνωσεν εἰς τὸν Γιάννην τὸν Κούτρην.

— Ἂς εἶναι, μποροῦμε νὰ κάμωμε Ἀνάσταση στὴν Ἁγία Ἀναστασιά, εἶπε, καὶ ἀμέσως παίρνετε ὅλοι τὰ πράγματά σας, καὶ τὶς λαμπάδες σας ἀναμμένες, καὶ πηγαίνομεν κάτου στὴν Παναγία ⟨τὴν⟩ Δομάν, καὶ σᾶς λειτουργῶ ἐκεῖ.

— Στὴν Παναγιὰ τὴν Δομά;... μὰ εἶναι μακριά.

— Ὡς πόσο;... Σὲ μισὴ ὥρα φθάνουμε.

— Εἶναι, νά ᾽χω τ᾽ν εὐκή σ᾽, παπά, παραπάν᾽ ἀπὸ μιὰ ὥρα.

— Δὲν θὰ εἶναι παραπάν᾽ ἀπὸ τρία τέταρτα. Ὅλ᾽ ἡ νύχτα δική μας εἶναι. Ἔχουμε καιρὸ νὰ φθάσουμε.

Ὁ Γιάννης ὁ Κούτρης ὑπεχώρησε, μὴ ἔχων ἄλλως νὰ πράξῃ.

Ὁ ἱερεὺς ἔβαλεν εὐλογητὸν εἰς τὸ ὕπαιθρον, φορέσας μαῦρον ἐπιτραχήλι, καὶ ἤρχισε ν᾽ ἀναγινώσκῃ τὴν παννυχίδα καὶ τὸ Κύματι θαλάσσης, ὅλα διαβαστά. Εἶτα ἀνάψας ἐντὸς τοῦ θυμιατοῦ μοσχολίβανον, ἐθυμίασε τοὺς παρεστῶτας ὅλους, καὶ ποιήσας ἀπόλυσιν, ἔβγαλε τὸ μαῦρον ἐπιτραχήλι, ἐφόρεσεν ἄλλο ἰόχρουν μεταξωτὸν καὶ λευκὸν φαιλόνιον (ὅλα αὐτὰ τὰ ἐξήγαγεν ἀπὸ τὸ δισάκκιον τὸ περικλεῖον τὰ ἱερά του), καὶ ἀνάψας λαμπάδα, στραφεὶς πρὸς τὸν λαόν, ἤρχισε νὰ ψάλλῃ μελῳδικῶς τὸ Δεῦτε λάβετε φῶς, μεθ᾽ ὃ ἔψαλε, Τὴν Ἀνάστασίν σου, Χριστὲ Σωτήρ.

Καὶ ἀφοῦ ἤναψαν τὰς λαμπάδας ὅλοι, ἀναγνοὺς τὸ Εὐαγγέλιον, καὶ δοξάσας τὴν Ἁγίαν Τριάδα, ἤρχισε μεγάλῃ καὶ βροντώδει τῇ φωνῇ νὰ ψάλλῃ τὸ Χριστὸς ἀνέστη, ἀντιψάλλοντος καὶ τοῦ υἱοῦ του, παιδίου δωδεκαετοῦς, ὅστις τὸν εἶχε συνοδεύσει ὡς συλλειτουργὸς εἰς τὴν ἐκδρομήν. Ὡραία δὲ καὶ γλυκεῖα ἦτο ἡ σκηνή, ἐντὸς τοῦ ἐρειπίου ἐκείνου, τοῦ μεγαλομαρμάρου καὶ ἐπιβλητικοῦ εἰς τὴν ὄψιν, ἀγλαϊζομένου ἀπὸ τὸ τρέμον, ὑπὸ τὴν πνοὴν τῆς αὔρας τῆς νυκτερινῆς, φῶς πεντήκοντα λαμπάδων, σκηνὴ φωτεινὴ καὶ σκιερά, διαυγὴς καὶ μυστηριώδης, ἐν μέσῳ γιγαντιαίων δρυῶν ὑψουσῶν ὑπερηφάνους τοὺς εἰς διαδήματα κορυφουμένους κραταιοὺς κλῶνας, μὲ τὰ φρίσσοντα φύλλα μαρμαίροντα ὡς χρυσαῖ φολίδες, ὑπὸ τὴν λαμπηδόνα τῶν πυρσῶν, μὲ σκιὰς καὶ σκοτεινὰ κενὰ ἐν μέσῳ τῶν κλάδων, ὅπου ἐφαντάζετό τις ἐλλοχεύοντα ἀόρατα πνεύματα, ὑπάρξαντα πάλαι ποτέ, Δρυάδες εὔσωμοι καὶ Ὀρεστιάδες ῥαδιναί, ἐλευθέρως ἀνάσσουσαι ἀνὰ τοὺς πυκνοὺς δρυμῶνας, καὶ σήμερον μεταμορφωθεῖσαι εἰς νυκτερινὰ τελώνια, καὶ μὴ τολμῶσαι νὰ προβάλωσιν εἰς τὸ φῶς τῶν ἀναστασίμων λαμπάδων· ἀναθαρρήσασαι πρὸς καιρὸν ἐκ τῆς φυγαδεύσεως τοῦ χριστιανικοῦ Θεοῦ ἀπὸ τοῦ καλλιμαρμάρου ἱδρύματος, καὶ τώρα μετὰ θάμβους βλέπουσαι τὴν ἀναζωπύρησιν τῶν πασχαλίων πυρσῶν καὶ ὀσφραινόμεναι τὴν ὀσμὴν τοῦ χριστιανικοῦ μοσχολιβάνου εἰς τὰ βάθη τοῦ δρυμῶνος.

* * *

Ἐνῷ ὁ ἱερεὺς ἔλεγεν ὁμαλῇ τῇ φωνῇ τὰ εἰρηνικά, καὶ ηὔχετο ὑπὲρ τῆς εὐσταθείας τῶν ἐκκλησιῶν, εὐφορίας τῶν καρπῶν τῆς γῆς, κτλ., ὄπισθεν τοῦ πρώτου πελωρίου κορμοῦ τῆς χιλιετοῦς δρυός, ὃν τρεῖς ἄνδρες συνάπτοντες τὰς ὀργυιάς, μόλις ἠδύναντο ν᾿ ἀγκαλιάσωσιν, ἠκούετο βραχὺς διάλογος, οἷος ὁ ἑξῆς, μεταξὺ τριῶν ἢ τεσσάρων αἰπόλων, ὧν ὁ πρῶτος, ⟨ὁ⟩ Γιάννης ὁ Κούτρης, ἔλυεν ἀπαντῶν τὰς ἀπορίας τῶν ἄλλων:

— Ντουγρού, ντουγρού;

— Ταμάιμα.

— Μονοκοπανιά;

— Τὰ ἴσα, ζέρ.

— Σ᾿μ Παναϊὰ τ᾿ Ντομάν;

— Ντούρμα, παπὰς ἔτσ᾿ εἶπε.

— Τοὺ ρέμα-ρέμα;

— Δὲ-θὲ-πᾶμι;

— Θὲ-πᾶμι, ζέρ!

Ἀλλ᾿ ὁ διάλογος οὗτος διεκόπη ὑπὸ τῆς φωνῆς τοῦ ἱερέως, ὅστις ἐν τῷ μεταξὺ ἀπεδύθη τὰ ἄμφια, κ᾿ ἔκραξεν εἰς τὸ ποίμνιόν του.

«Εἶστ᾿ ἕτοιμοι; Πᾶμε!» Δύο τῶν αἰπόλων ἔσπευσαν νὰ φορτώσωσι τὰ ἱερά, ὡς καὶ τὰ καλάθια τῶν ποιμενίδων τὰ περικλείοντα ἑορτάσιμά τινα ἐφόδια, εἰς πέντε ἢ ἓξ ὀνάρια, ὁ ἱερεὺς ἐπέβη εἰς τὸ ἕβδομον, καὶ οἱ ἄλλοι πεζοί, οἱ μὲν κρατοῦντες τὰς λαμπάδας των ἀναμμένας, μὲ τὴν ἀριστεράν, προσπαθοῦντες, μὲ τὴν δεξιάν, νὰ σκεπάσωσι τὴν λαμπὴν ἀπὸ τῆς πνοῆς τῆς ἀπογείου αὔρας, οἱ δὲ ἀνάψαντες μικρὰ φαναράκια, χρήσιμα εἰς τοὺς αἰπόλους διὰ τοὺς νυκτερινοὺς ἐπαυλισμοὺς καὶ τοὺς ἀμολγοὺς τῶν αἰγῶν των, ἐξεκίνησαν κατερχόμενοι πρὸς βορρᾶν, εἶτα ἐστράφησαν ἀνατολικώτερον, βαίνοντες διὰ κακοτοπιᾶς ἐφ᾿ ἧς δὲν θ᾿ ἀντεῖχον ἄλλοι πόδες παρὰ τοὺς ἰδικούς των, ἐλαφρὰ πατοῦντες μὲ τὰ τσαρούχια τὰ περιβάλλοντα τοὺς εὐκινήτους πόδας των, βιάζοντες τὰ γαϊδουράκια νὰ τρέχωσι, σύροντες μᾶλλον αὐτὰ εἰς τὸν δρόμον, τοποθετούμενοι ἐξ ἀριστερῶν ὡς ἔμψυχα δίκρανα, πρὸς ὑποστήριξιν τῶν φορτωμένων ὑποζυγίων εἰς τὰ κρημνωδέστερα μέρη. Δύο ἢ τρεῖς αὐτῶν, μὲ τὰς κάπας των, ἤρχοντο τελευταῖοι, μετὰ συριγμῶν καὶ ἀκατανοήτων μονοσυλλάβων, ἄγοντες τὰ αἰπόλιά των, μὲ τὰ μικρὰ ἐρίφια διὰ χαριεστάτων σκιρτημάτων τρέχοντα παρὰ τὰς μητέρας των, βελάζοντα ἐρωτηματικῶς, εἰς ἃ αἱ αἶγες ἀπήντων ἀορίστως, μὴ ἔχουσαι πῶς νὰ ἐξηγήσωσι τὴν ἀσυνήθη νυκτοπορίαν. Ἡ σελήνη εἶχεν ἀνατείλει πρὸ τοῦ μεσονυκτίου, καὶ ὁ δίσκος της, ὑπέρυθρος ὀλίγον, ⟨πότε⟩ ἐφαίνετο ὄπισθεν τῶν κορυφῶν ὑψηλῶν δένδρων, πότε ἐκρύπτετο, κατὰ τοὺς ἑλιγμοὺς τῆς πορείας, ὄπισθεν τοῦ βουνοῦ. Καὶ οἱ θάμνοι ἐσείοντο πανταχοῦ ὅθεν διέβαινεν ἡ πομπή, καὶ τὰ ἔντομα ἐξεγείροντο παράωρα ἐκ τοῦ ὕπνου των, καὶ τινα μυιγάρια ἐξορμῶντα ἐπέτων φαιδρῶς περὶ τὰς ἀνημμένας λαμπάδας, ὑποβοΐζοντα, καίοντα τὰς μικκύλας πτέρυγάς των ἢ καταστρέφοντα μετὰ τελευταίου βόμβου τὴν ἐφήμερον ὕπαρξίν των εἰς τὴν πρόσψαυσιν τῆς φλογός. Καὶ τὰ νυκτοπούλια ἔφευγον φοβισμένα ἀπὸ σχοῖνον εἰς κόμαρον, ἀπὸ αἱμασιὰν εἰς δένδρον, προσθέτοντα τὸν ἐλαφρὸν θροῦν τῶν πτερύγων των εἰς τὸ ἁβρὸν ἐναρμόνιον φύσημα τῆς αὔρας τῆς ὀρθρίας. Καὶ ἡ ἀγραμπελιὰ ἡ χιονανθής, ἡ λευκάζουσα καὶ μυροβολοῦσα εἰς τοὺς φράκτας, λευχείμων μυροφόρος ἑορτάζουσα τὴν Ἀνάστασιν, καὶ ὁ κισσὸς καὶ τὸ ἀγιόκλημα, πλόκαμοι τῆς Ἀνοίξεως ἐξαπλούσης τὴν μυροβόλον κόμην της ἀνὰ τοὺς ἀγρούς, διέχυνον ζωηροτέραν ἐν τῇ νυκτὶ τὴν εὐωδίαν των εἰς τὸν ἀέρα. Καὶ ἡ ἀργυρᾶ ἀμμόκονις τῶν ἄστρων ὠλιγόστευεν ἐπάνω, καθ᾽ ὅσον ὑψοῦτο ἡ σελήνη, καὶ ἡ ἀηδὼν ἠκούετο μινυρίζουσα βαθιὰ εἰς τὸν μυχὸν τοῦ δάσους, καὶ ὁ γκιώνης μὴ δυνάμενος νὰ διαγωνισθῇ πρὸς τὴν λιγυρὰν ἀδελφήν του, ἔπαυσε πρὸς καιρὸν τὸ θρηνῶδες ᾆσμά του.

***

Εἶχαν κατέλθει ἤδη πολὺ βαθιά, κάτω εἰς τὸ ρεῦμα, καὶ ἀντικρύ των ἔβλεπον μακρὰν τὸ πέλαγος, κυανῆν ὀθόνην, ἀμυδρῶς ἐπαργυρουμένην ἀπὸ τὰς ἀκτῖνας τῆς σελήνης. Ἠκούσθη δὲ μετ᾽ ὀλίγον βαθὺς παφλασμὸς ὡς χειμάρρου καταφερομένου μετὰ δούπου ἀπὸ τῶν βράχων, κρότος συνεχής, ἰσχυρός, μονότονος. Ἦτο τὸ ρεῦμα τῆς Παναγίας τῆς Δομάν, ἀπὸ τῶν ὑδάτων τοῦ ὁποίου εἴκοσι νερόμυλοι ὑδρεύοντο τὸ πάλαι καὶ πολλαὶ ἑκατοντάδες στρέμματα κήπων μὲ κλιμακωτὰς αἱμασιὰς ἐπιαίνοντο ἀπὸ τὸ δροσερὸν νᾶμά του. Ἐκεῖ ἀντικρύ, προέκυπτεν ἐπ᾽ ἄκρας τῆς θαλάσσης τὸ παλαιὸν φρούριον, τὸ ὁποῖον ἦτό ποτε κατοικία ἀνθρώπων, πρὶν γίνῃ γλαυκῶν φωλεὰ καὶ λάρων ὁρμητήριον. Εἰς τὸ ἀκένωτον ρεῦμα τῆς Παναγίας τῆς Δομὰν ὠφείλετο ἡ εὐδοκίμησις πάσης φυτείας καὶ πάσης βλαστήσεως κατὰ τοὺς παλαιοὺς ἐκείνους χρόνους.

Ἦτο ἤδη ὡς δύο μετὰ τὰ μεσάνυκτα, ὅταν ὁ παπ᾽ Ἀγγελὴς καὶ οἱ αἰπόλοι του ἔφθασαν εἰς τὴν Παναγίαν τὴν Δομάν. Τὸ μικρὸν ἐξωκκλήσιον ἦτο κτισμένον ὑπὸ συστάδα πελωρίων δένδρων, περιβαλλόμενον γραφικῶς ὑπ᾽ αὐτῶν, σκεπαζόμενον φιλοστόργως ἀπὸ τοὺς κλῶνάς των. Ὁ ναΐσκος ἦτο πενιχρός, ἀλλὰ διετηρεῖτο καὶ ἦτο λειτουργήσιμος. Ἦτο δὲ ἓν τῶν ὀλίγων ναϊδίων, ὅσα ἐσώζοντο ὄρθια ἀπὸ τῆς παλαιᾶς ἐποχῆς. Γείτονες αὐτοῦ, χαμηλότερα πρὸς τὴν θάλασσαν, ἦσαν τὸ πάλαι, ἐντὸς τῆς κοιλάδος τῆς συνεχομένης μεταξὺ δύο ἀκτῶν, πάμπολλοι ναΐσκοι ἕως τέσσαρες δωδεκάδες. Οἱ πλεῖστοι ἦσαν σήμερον ἐρείπια. Ἡ Παναγία τοῦ Δομάν, ἁπλῆ ἀναπαράστασις τῆς Ζωοδόχου Πηγῆς τοῦ Βυζαντίου καὶ περιβαλλομένη ὡς μὲ στέφανον ἀπὸ τὸν ἀειθαλῆ κόσμον τῶν πελωρίων δένδρων της, ἵστατο ἀκόμη ὀρθή, κ᾽ ἐφαίνετο λέγουσα πρὸς τοὺς ἀδελφούς της, ὅσοι εἶχαν γονατίσει, καταβληθέντες ἀπὸ τὸν κάματον τῆς διὰ τόσων αἰώνων πορείας: «Παρηγορηθῆτε, σᾶς ἀντιπροσωπεύω ἐγώ!»

Ἡ εὐσεβὴς τάσις τοῦ λαοῦ, ζητοῦντος, διὰ τοῦ πολλαπλασιασμοῦ τῶν ἐξωκκλησίων ἀνὰ τὰ ὄρη καὶ τὰς κοιλάδας, νὰ παρηγορηθῇ διὰ τὴν στέρησιν τῶν τόσων τὸ πάλαι ἱερῶν καὶ βωμῶν του, λησμονοῦντος τοὺς παλαιοὺς θεούς του χάριν τῶν νέων ἁγίων του, κατίσχυσε τῆς αὐστηροτέρας καὶ δογματικωτέρας θεωρίας, καθ᾿ ἣν ἀπηγορεύοντο εἰς τοὺς χριστιανοὺς οἱ ἀγροτικοί ναοί. Ἀκριβέστεροι δέ τινες ἑρμηνεῖς τοῦ γράμματος, ἱερομόναχοι καὶ ἀσκητικοὶ ἄνδρες, ἠρνοῦντο καὶ νὰ λειτουργῶσιν εἰς ἐξωκκλήσια. Ἀλλὰ τὸ αἴσθημα εἶναι ἀνώτερον τῆς θεωρίας, καὶ ὁ λαός, δουλεύων, τυραννούμενος, πενόμενος, ἀγροδίαιτος, διασπειρόμενος κατὰ κώμας καὶ χωρία, μὴ ἔχων πόρους νὰ κτίσῃ μεγάλας καὶ λαμπρὰς ἐκκλησίας, ἔκτισε πολλὰς καὶ πενιχράς. Ὁ δὲ Σωτήρ, συγκαταβατικώτερος τῶν ἐπισήμων ἐπὶ γῆς διερμηνευτῶν του, «μνημονεύων τῶν ἐπὶ γῆς διατριβῶν», καθὼς εἶπεν ὁ ἅγιος Γρηγόριος ὁ Θεολόγος, ἐνθυμούμενος τὴν πενιχρὰν προσφορὰν τῆς χήρας, ἐδέχετο καὶ τοῦ πένητος λαοῦ του τὸν εὐσεβῆ φόρον, καθὼς ἐδέχθη ἐκείνης τὰ δύο λεπτά.

* * *

Ἐν ῥιπῇ ὀφθαλμοῦ ἐφωταγωγήθη τὸ παρεκκλήσιον, καὶ αἱ ποιμενίδες ἤναψαν πάμπολλα κηρία εἰς τὰ δύο μανουάλια, καὶ ἀνάψασαι πῦρ εἰς τὸ ὑπήνεμον, ἔξω τῆς θύρας, στήσασαι μεγάλην χύτραν, παρεσκεύαζον τὴν σούπαν. Δύο ἐξ αὐτῶν νεόνυμφοι ἐφόρεσαν τὰ κόκκινα φουστάνια των, καὶ τὰ βαβουκλιὰ των μὲ τὰ κεντητὰ προμάνικα καὶ τὰ τ᾿λουπάνιά των τὰ λευκά. Καὶ ὁ ἱερεύς, λαβὼν καιρόν, ἐφόρεσεν ὅλην τὴν ἱερατικήν του στολήν, καὶ ὁ υἱός του, ὁ συλλειτουργός, ἔψαλλε τὸν κανόνα. Ὁ Γιάννης ὁ Κούτρης, πραγματοποιήσας τὸ ὄνειρόν του, τοῦ νὰ παρίσταται εἰς τὴν ἐκκλησίαν ὡς ἐπίτροπος, ἐπρωτοστάτει εἰς τὸ ἄναμμα καὶ σβήσιμον τῶν κηρίων, πατῶν αὐτά, ἐνίοτε μὲ τὸ τσαρούχι του, μιμούμενος τὸν ἐξάδελφόν του τὸν Γιάννην τὸν Λαδίκαν, καὶ [ὅστις] ἵστατο δεξιόθεν εἰς τὸν χορὸν ὡς προεστὼς μὲ τόσην σοβαρότητα, ὥστε βλέπων τις αὐτὸν θὰ τὸν ἐνόμιζε ψάλτην, ἐξ ἰδιοτροπίας σιωπῶντα. Τὴν στιγμὴν δ᾿ ἐκείνην εἰσελθοῦσα εἰς τὸν ναΐσκον ἡ δωδεκαέτις κόρη του, τὸ Κουμπώ, ἱσταμένη τέως ἔξω παρὰ τὸν παραστάτην, ἐπιστατοῦσα εἰς τὸ κάχλασμα τῆς χύτρας, τοῦ λέγει εἰς τὸ οὖς:

— Ἀφέντ᾿, ἔρχουντι κόσμους.

— Ποιοὶ καὶ ποιοί; εἶπεν ἐξαφνισθεὶς ὁ Κούτρης.

—Ἔρχουντι ὁ Δημητράκης τς Κώτσινας, μαζὶ μὲ τὴ γυναῖκά τ᾽ Ἀσ᾽μηνιώ, καὶ ὁ Γιάννης τς Κ᾽στάλους κι ὁ μπαρμπα-Γιώργης...

— Ποιὸς μπάρμπας Γιώργης;

—Ὁ Γιώργης τ᾽ Παναϊώτ᾽.

Ὡς κεραυνὸς ἔπεσε τὸ ὄνομα τοῦτο εἰς τὴν ἀκοὴν τοῦ Γιάννη τοῦ Κούτρη.

—Ὁ Γιώργης τ᾽ Παναϊώτ᾽! ἐπανέλαβε μηχανικῶς, κ᾽ ἐξηκολούθησεν, ἐρωτῶν τὴν θυγατέρα του, ὡς ἐὰν ἤξευρεν αὕτη:

— Τί, δὲν κάμανε Ἀνάστασ᾽ στοὺν Ἀι-Χαράλαμπου;

Διότι ἠπόρει πῶς ἐξέπεσε πρὸς τὰ ἐδῶ, ὁ Γιώργης τ᾽ Παναϊώτ᾽. Αὐτὸς ἔκαμνεν αὐτοδικαίως τὸν προεστὸν εἰς τὸν Ἅγιον Χαράλαμπον, τί νὰ συνέβη τάχα, καὶ διατί δὲν ἐπῆγεν εἰς τὸν ναὸν τοῦ Ἁγίου; Μήπως τοῦ ἀφῄρεσαν τὸ προεστ᾽λίκι ἀπ᾽ ἐκεῖ;

Αὐτός, ὁ Γιάννης ὁ Κούτρης, διατί ἴσα-ἴσα ἔβαλε τὰ δυνατά του, ἀποφασίσας νὰ κάμῃ ἐφέτος χωριστὴν Ἀνάστασιν μὲ τοὺς γείτονάς του, εἰς τὸ κατάμερον τὸ ἰδικόν του; Διὰ ν᾽ ἀπαλλαχθῇ ἀπὸ τὸ φορτικὸν θέαμα τοῦ δευτέρου ἐξαδέλφου του, τοῦ Γιάννη Λαδίκα, εἰς τὸν Ἀι-Γιώργη τῆς Κ᾽στοδουλίτσας, ἢ αὐτοῦ τοῦ Γιώργη τ᾽ Παναγιώτ᾽, εἰς τὸν Ἀι-Χαράλαμπον, οἵτινες ἔκαμαν καὶ οἱ δύο τὸν προεστὸν καὶ τὸν ἐπίτροπον, ἑκάτερος εἰς τὸ κατάμερόν του, ἀνάπτοντες καὶ σβήνοντες τὰ κηρία, ψιθυρίζοντες ἐπιδεικτικῶς εἰς τὸ οὖς τοῦ ἱερέως παρὰ τὴν βορείαν θύραν τοῦ ἱεροῦ βήματος, περιφέροντες ἐλευθέρως δίσκον, μὲ τὴν ἐπῳδὸν «Τὸ λάδι τῆς ἐκκλησίας, χριστιανοί!» καὶ κάμνοντες «κ᾽μάντο, σὲ οὖλα τὰ πάντα», ἐντὸς κ᾽ ἐκτὸς τοῦ ναοῦ. Καὶ τώρα, ἀφοῦ κατώρθωσε νὰ ψαλῇ ἡ Ἀνάστασις εἰς τὴν Ἁγία Ἀναστασά, εἰς τὸ ὕπαιθρον, ἀφοῦ ἀπέσπασε τόσους βοσκοὺς ἀπὸ τὰ κατάμερα τὰ ἄλλα, ἀφοῦ τοὺς ἐκουβάλησε μεσάνυχτα, ἀπὸ τὴν Ἁγία Ἀναστασὰ εἰς τὴν Παναγίαν Δομάν, μὲ τὰς γυναῖκάς των, μὲ τὰ παιδιά των, μὲ τὰ κοπάδια των, μὲ τὰ κατσικάκια, βελάζοντα σπαρακτικῶς περὶ τὰς αἶγας, ἔμελλε πάλιν νὰ καταδικασθῇ νὰ ὑποστῇ τὴν πρωτοκαθεδρίαν αὐτοῦ τοῦ Γιώργη τ᾽ Παναγιώτ᾽, ὡς γεροντοτέρου, ὡς ἔχοντος τάχα δικαιώματα. Ποῖα δικαιώματα;

Ἂς ἔβγαζε τὲς μπολέτες του νὰ τὲς διαβάσουν! Κ᾽ οἱ δύο, τάχα, ἂς ποῦμε, γράμματα δὲν ἤξευραν, ἀλλ᾽ ἦτον ὁ παπ᾽ Ἀγγελὴς ἐκεῖ, νά ᾽χουμε τὴν εὐχή του, ποὺ θὰ τὲς ἐδιάβαζε... Ἡ δουλειά του ἦτον νὰ διαβάζῃ... Ἀλλ᾽ ὄχι! δὲν παρεχώρει τὰ πρωτεῖα. Θὰ ἔκαμνε πὼς δὲν τὸν εἶδε, καὶ θὰ ἐκοίταζε, ντουγρού, πρὸς τὸ ἅγιον βῆμα, χωρὶς νὰ στραφῇ ἐπὶ στιγμὴν πρὸς δυσμάς, ὡσὰν θεοφοβούμενος ποὺ ἦτον, ν᾽ ἀκούσῃ μετὰ προσοχῆς τὴν λειτουργίαν του. Ἦτον ἐν τῷ δικαίῳ του, εὑρίσκετο εἰς τὸ κατάμερόν του... Ἀλλ᾽ ἐνταῦθα ὁ Γιάννης ὁ Κούτρης ἐπάγωσεν, ὁ παλμὸς ἐσταμάτησε πρὸς στιγμήν. Δὲν εὑρίσκετο εἰς τὸ κατάμερόν του! Τοὐναντίον, εἶχε πατήσει τὰ σύνορα, εἶχε μεταβῆ εἰς ξένον κατάμερον... Ἄ! κι αὐτὸς ὁ παπ᾽ Ἀγγελής, ποὺ ἐπέμενε μὴ θέλων νὰ λειτουργήσῃ εἰς τὴν Ἁγία Ἀναστασά... Ἐκεῖ, ἀδιαφιλονικήτως, ὁ Κούτρης θὰ ἦτο εἰς τὸ κατάμερόν του. Ἀλλ᾽ ἐδῶ εἰς τὴν Παναγίαν τὴν Δομὰν εὑρίσκετο ἀκριβῶς, εἰς τὸ κατάμερον τοῦ Ἁγίου Χαραλάμπους, εἰς τὴν δικαιοδοσίαν τ᾽ Γιώργη τ᾽ Παναγιώτ᾽!

Τί νὰ κάμη; Καὶ αὐτὸς «ὁ Γιώργης τ᾽ Παναϊώτ᾽», κατάλαβες, δὲν ἦτον κανεὶς τυχαῖος, ἐξήσκει ἰσχὺν καὶ γοητείαν ἐπὶ τὸ πλῆθος τῶν αἰγοβοσκῶν καὶ τῶν ποιμένων. Καὶ ἰδού, εἰσῆλθεν ἤδη εἰς τὸ παρεκκλήσιον. Ἦτο ὑψηλός, εὔσωμος, ὡραῖος ἀνήρ, μὲ εὔγραμμον τὸ πρόσωπον καὶ μὲ κανονικοὺς χαρακτῆρας. Ἦτο ὡς ἑξῆντα ἐτῶν, ἀλλὰ μόλις ἤρχιζαν, εἰς τὴν πλουσίαν μέλαιναν κόμην του, τρίχες τινὲς νὰ λευκάζωσιν ἐδῶ κ᾽ ἐκεῖ. Εἶχε φθάσει τὴν πρώτην ἐν ἀρχῇ τοῦ αἰῶνος ἐξέγερσιν, τὴν τοῦ 1808. Εἶχεν ὁμιλήσει μὲ τὸν Σταθᾶν, εἶχε προσφέρει μὲ τὰς ἰδίας του χεῖρας κοκορέτσι εἰς τὸν Βλαχάβαν, εἶχε στρατευθῆ ὑπὸ τὸν Νικοτσάραν. Καὶ ὅλον τὸ ἦθός του, ἡ ὄψις του, οἱ τρόποι του, αἱ κινήσεις του, καὶ τώρα ἀκόμη μετὰ σαράντα ἔτη, καθ᾽ ἣν στιγμὴν εἰσήρχετο εἰς τὸν ναΐσκον ἐφαίνετο ὅτι ἦτο εἰς νεύματα καὶ χειρονομίας μετάφρασις ἢ μιμικὴ παράστασις τοῦ παλαιοῦ διστίχου:

Στὸ Σκιάθο καὶ στὸ Σκόπελο ποτὲ κατὴς δὲν κρένει,

γιατὶ εἶν᾽ λημέρι τοῦ Σταθᾶ, βίγλα τοῦ Νικοτσάρα.

Ὁ Κούτρης, αἰσθανθεὶς αὐτὸν ὅτι εἰσήρχετο, διδὼν τὸν διακαμόν του εἰσερχόμενον εἰς τὸν ναΐσκον, μὲ ὅλην τὴν ἀπόφασιν ἣν εἶχε νὰ μὴ στραφῇ νὰ τὸν ἴδῃ, ἔστρεψεν ἀκουσίως τὴν κεφαλήν, καὶ τὰ βλέμματά των συνηντήθησαν. Ὁ Γιώργης τ᾽ Παναγιώτ᾽, ἀφοῦ ἠσπάσθη τὰς εἰκόνας, ἦλθε κ᾽ ἐστάθη ὄπισθεν τοῦ Κούτρη, ὅστις δὲν ἠδύνατο πλέον νὰ προσποιηθῇ ὅτι δὲν τὸν εἶδεν. Ἄλλως ὁ Γιώργης τ᾿ Παναγιώτ᾿ δὲν τοῦ ἔδωσε καιρὸν νὰ σκεφθῇ, διότι κύψας εἰς τὸ οὖς του ἤρχισε μὲ πονηρὸν μειδίαμα νὰ τοῦ λέγη:

—Μ᾿ πῆρις ἀπ᾿ τοὺ κατάμερου τοῦ Γιώργη τοὺν Τρυουλόου, μ᾿ πῆρις κὶ τς Μιχουγιανναῖοι, πατέρα κὶ γυιό, μ᾿ πῆρις κὶ τς τέσσιρις Μαυρουδ᾿μαῖοι, κὶ ἀπουμείναμι λιουστοὶ στοὺν ἀι-Χαράλαμπου. Ἰ παπὰς ἰ ἀιχαραλαμπίτ᾿ς λείπ᾿, ξέρ᾿ς, εἶναι στοὺν Κουτσκιᾶ μέσα, στὰ χουριά. Ἰ παπὰς ἀπ᾿ μ Παναϊᾶ, κάτου στὴ χώρα, δὲ θέλησε νὰ ᾿ρθῇ, γιατ᾿ εἴμαστι λίοι, κὶ δὲ μαζουνώμαστι πουλλοί, γιὰ νὰ βγάλη τοὺν κόπου τ᾿, ἂς ποῦμε. Ἰ παπὰς ἀπ᾿ τοὺν Ἄι-Γιάννη τς Τρεῖς Ἱεράρχοι, ἰ ἄλλους, εἶναι φημέριους, γιατὶ τοὺν παπ᾿ Ἀγγιλή, πού ᾿ταν ἀπ᾿ ὄξου, μᾶς τούνε πῆρις. Κουντέψαμι ν᾿ ἀπουμείνουμι ἀλειτρούητοι, τέτοια μέρα, γιατὶ δὲ ξέραμι σὲ ποιὰ ἐκκλησὰ θελὰ-πᾶτι ν᾿ ἀναστήσιτι. Τότις κ᾿ ἐγὼ εἶπα, ἂς σ᾿κουθῶ νὰ πάου πίσου, ζ᾿ Κιχριά, μπέλες κὶ τς βρῶ π᾿θινά, σὶ κανένα ξουκκλήσ᾿, κὶ πιρνώντας ἀπ᾿ ν Δουμάν, σὰ ξαγναντήσου τοὺ Κάστρου, θὲ καταλάβου, μαθέ, σὰ διῶ π᾿θινὰ φέξου ἀνισῶς κ᾿ εἶναι σὶ κανένα ρημουκκλήσ᾿ τ᾿ Καστριοῦ κι ἀνασταίνουνε. Μὰ δὲν τό ᾿λπιζα, ἀλήθεια, πὼς θελὰ-ρθῆτε σ᾿ Δουμάν, μὲς στοὺ κατάμερό μ!

Ἐκ τῆς ἐξηγήσεως ταύτης ἐνόησεν, ὀλίγον ἀργά, ὁ Γιάννης ὁ Κούτρης, ὅτι μὲ ὅλα τὰ σχέδιά του καὶ τὰς ἐνεργείας του, ὅσον μακρύτερα ἔφευγε τὸν Γιώργη τ᾿ Παναγιώτ᾿ καὶ τὴν προεστοσύνην του, τόσον σιμότερα ἐπήγαινε καὶ εἰς αὐτὸν καὶ εἰς τὸ κατάμερόν του. Διότι δὲν ἀρκεῖ νὰ φεύγῃ τις, πρέπει καὶ νὰ μὴ καταδιώκεται, ἢ τοὐλάχιστον νὰ ἠξεύρῃ πρὸς ποῖον μέρος νὰ κατευθυνθῇ.

Δὲν εἶχεν ἢ νὰ τοῦ παραχωρήσῃ τὰ πρωτεῖα, κ᾿ ἐκεῖνος ἄλλως τοῦ τὰ ἐπῆρε, πρὶν οὗτος τοῦ τὰ παραχωρήσῃ.

* * *

Περὶ τὸ λυκαυγές, ἔληξεν ἡ λειτουργία, καὶ ὁ οὐρανὸς πορφυρίζων ἐκεῖ πρὸς ἀνατολὰς ἔσμιγε μὲ τὴν θάλασσαν κυανῆν ἁπλουμένην κάτω, ἡ δὲ σελήνη ὠχρίασε καὶ τὰ ὀλίγα ἄστρα ἀνὰ ἓν ἔσβηναν τρέμοντα εἰς τὸν αἰθέρα. Καὶ ἡ Ἠὼς ἀνέτειλε μὲ ὅλην τὴν πορφυρᾶν αἴγλην καλλωπίζουσα μὲ γλυκὺ ἐρύθημα βουνά, κοιλάδας καὶ δάση. Ἐφάνη δὲ τότε, ἀποβαλοῦσα τὴν μυστηριώδη τῆς νυκτὸς περιβολήν, ἐν ὅλῃ τῇ καλλονῇ της, ἡ μαγευτικὴ θέσις τῆς Παναγίας Δομάν. Δεξιὰ τὸ ὑψηλόν, βραχῶδες καὶ τεμνόμενον ἀπὸ εὐθαλεῖς χαράδρας βουνόν, τὸ ἀπολῆγον εἰς τὴν κρημνώδη ἀκτὴν τοῦ Κουρούπη. Ἀριστερὰ λόφοι, κοιλάδες, καὶ δάση γραφικῶς ἐναλλάσσονται εἰς τὸ βλέμμα. Ἀντικρὺ ὁ γυμνὸς καὶ ἄγριον μεγαλεῖον ἀποπνέων βράχος τοῦ Κάστρου, μὲ τὰ δύο πρὸ αὐτοῦ πετρώδη νησίδια, καὶ πέραν πέλαγος ἀχανές, φωσφορίζον εἰς τὰς πρώτας ἀκτῖνας τοῦ ὑποφώσκοντος ἡλίου· καὶ εἰς τὸ βάθος τοῦ ὁρίζοντος, πρὸς βορρᾶν ἡ Χαλκιδικὴ μὲ τοὺς τρεῖς λαιμούς της, ὑπὲρ οὓς ἐξέχει ὡς βαθμὶς κεραυνωθείσης τιτανείου κλίμακος πρὸς ἀνάβασιν εἰς τὸν οὐρανόν, ὁ λευκόφαιος κῶνος τοῦ Ἄθω μὲ τὴν κορυφὴν εἰς τὰ σύννεφα· πρὸς δυσμὰς τὸ Πήλιον μὲ τὰς ἀναριθμήτους κοιλάδας του καὶ μὲ τὴν θεσπεσίαν του βλάστην, καὶ πέραν αὐτοῦ ἡ κορυφὴ τοῦ Κισσάβου, ὡς κεφαλὴ ἐμπηγμένη ἐπὶ κορμοῦ ξένου. Καὶ τὸ ῥεῦμα τῆς Παναγίας Δομὰν δὲν κατεφέρετο πλέον ὡς πρὶν μετὰ βαθέος παφλασμοῦ εἰς τὴν βραχώδη κοιλάδα, ἀλλ᾿ ἅμα τῇ ἀνατολῇ τῆς ἡμέρας τὸ νερὸν ἔρρεε μορμυρίζον, μαλακῶς κυλιόμενον ἐπάνω εἰς τὰ βρύα καὶ εἰς τὰ ἀγριοσέλινα, διότι ἐξύπνησαν τῆς ἡμέρας οἱ πολλοὶ καὶ προσφιλεῖς κρότοι.

Τέλος ἐφάνη τοῦ ἡλίου ἡ πρώτη ἀκτίς, καὶ ἀνέθορεν ἀπὸ τῆς θαλάσσης μία πυρίνη παμφαὴς γραμμὴ τοῦ πανεκλάμπρου φωστῆρος. Καὶ τὴν ἰδίαν στιγμὴν ἠκούσθη πρώτη μεγάλη κ᾿ ἐπιβλητικὴ φωνή, ὁ κλαγγασμὸς τοῦ ἀετοῦ, χαιρετίσαντος τὴν ἀνατολὴν τοῦ ἡλίου ἐπάνω εἰς τὸ βουνόν, ἀπὸ τῆς ἀφθάστου καὶ ἀπατήτου ἐπὶ τῶν ἀπορρώγων βράχων καλιᾶς του. Καὶ δευτέρα χαιρετιστήριος φωνὴ ἠκούσθη †ὁ κακκαβισμὸς τοῦ ἱέρακος,† ὁ κρωγμὸς τοῦ ἱέρακος ἐπάνω εἰς τὸ βουνόν, εἰς μίαν ὑψηλὴν χαράδραν τοῦ ἰλιγγιώδους βουνοῦ τοῦ Κουρούπη, ἐκεῖ ἐπάνω. Καὶ τρίτη φωνὴ κλιμακηδὸν ἐχαιρέτισε τὸ παμφαὲς ἄστρον τῆς ἡμέρας, ὁ τιτυβισμὸς τῆς πέρδικος καὶ τῆς τρυγόνος εἰς τὸ μεσοΰψὲς τῆς κοιλάδος. Καὶ τελευταία ἀμέσως ἐχαιρέτισε διὰ τοῦ μινυρισμοῦ της τὴν ἀνατολὴν τοῦ ἡλίου ἡ γλυκεῖα χελιδών, ἡ ἐπανευροῦσα κ᾿ ἐφέτος τὴν φωλεάν της ἄθικτον εἰς τὰ ἱερὰ σκηνώματα, εἰς τὸν οἶκον τοῦ Κυρίου, ὡς καὶ εἰς τὰ καλύβια τῶν χωρικῶν, καὶ εἰς τὰς οἰκίας τῶν ἀγαθῶν ἀνδρῶν τῆς πόλεως. Καὶ ἀκροτελεύτιοι δειλοὶ μινυρισμοὶ ἠκούσθησαν τῶν μικρῶν στρουθίων ἐπὶ τῶν θάμνων, ὧν τὸ ἕν, μόλις ὑποψελλίζον, ἵστατο ἀποφασιστικῶς προσκολλημένον μὲ τοὺς λεπτοὺς πόδας του ἐπὶ τοῦ κλαδίου, ἐνῷ τὸ ἄλλο, ψάλλον πρὸς αὐτὸ τὸν ἔρωτά του, ἐπέτα ὁλόγυρά του, ἵστατο πρὸς στιγμὴν ἐπὶ τοῦ κλαδίου, ὥρμα πρὸς αὐτό, τὸ ἐφίλει, τὸ παρεκάλει, κελαδοῦν, ἐκλιπαροῦν καὶ πάλιν κελαδοῦν.

Τότε καὶ τὰ κατσικάκια, αἰσθανθέντα τὸ θάλπος τῆς ἡμέρας, ἤρχισαν τὰ σκιρτήματά των, εὐφραινόμενα εἰς τὴν ἐπαφὴν τοῦ χόρτου, προσπαίζοντα περὶ τὰς μητέρας των, ὑποβάλλοντα τὸ μικκύλον ῥύγχος εἰς τὸν μαστόν — καὶ δὲν ἤξευρον, ὅτι ἡ λεπὶς τοῦ σφαγέως ἔστιλβε καὶ αὐτὴ πρὸς τὸν ἀνατέλλοντα ἥλιον...

* * *

Ἐκεῖ, ὑπὸ τὰ ὑψηλὰ δένδρα τῶν ὁποίων οἱ κλῶνοι, μὲ βόμβυκας καὶ μὲ θυσάνους τριχοειδῶν φύλλων κοσμούμενοι, ἐσείοντο ὑπὸ τῆς πρωινῆς αὔρας, ἄνω τοῦ ῥεύματος, τοῦ κυλίοντος μετὰ ψιθύρου τὸ διαυγὲς νᾶμά του κάτω εἰς τὴν κοιλάδα, ἐκάθισαν ἡδονικῶς ὅλοι οἱ βοσκοὶ μὲ τὰς ποιμενίδας καὶ τὰς βοσκοπούλας των, στρώσαντες ἀφθόνους πτέρεις καὶ παχείας φυλλάδας, καὶ ἤρχισαν νὰ διαμελίζωσι τὰ εὐωδιάζοντα ἐπὶ τῆς σούβλας ἀρνία καὶ τὰ ἐρίφια. Ἔφαγον καὶ ηὐφράνθησαν ὅλοι καὶ ἀφοῦ ὁ ⟨παπ᾿⟩ Ἀγγελὴς εὐλόγησεν, ὡς ἔδει, τὴν φλάσκαν, τὴν μετεβίβασε, μεγάλην, ὑπόχλωρον ἀκόμη, δι᾿ ἐρυθρᾶς δερματίνης λωρίδος κρατουμένην, κλώζουσαν καὶ φυσῶσαν ἀκαταλήπτους ἤχους ἔνδοθεν, εἰς χεῖρας τοῦ ἐκ δεξιῶν του καθημένου προεστῶτος τῆς ὁμάδος, τοῦ Γιώργη τ᾿ Παναγιώτ᾿, ὅστις ἐγερθεὶς προσηγόρευσε διὰ μακρῶν τὴν ὁμήγυριν:

— Κ᾿στὸς ἀνέστ᾿, βρὲ παιδιά! Ἀληθ᾿νὸς οὐ Κύριους! Ζῆ κὶ βασιλεύει! — Γειά μας! καλὴ γειά! διάφουρου! καλὴ καρδιά! καλὴ γερουσύνη, ὅλοι μας! Χρόνους πολλούς! Κὶ τ᾿ χρόν νά ᾿μαστι καλά. Καλὴ χρονιά σας! Πολλὰ τὰ ἔτ᾿! Παπά μ᾿! νὰ χαίρισι τὸ πετραχήλι σ᾿! Εἶτα, στραφεὶς πρὸς τὸν Κούτρην:

— Γιάννη, πάντα καλῶς νὰ σᾶς βρίσκου.

Ἴσως ἡ φράσις αὕτη ἦτο ὑπαινιγμὸς πρὸς τὰ προηγούμενα συμβάντα. Ἀλλ᾿ ὁ Κούτρης ἀπήντησε μεθ᾿ ἑτοιμότητος:

— Κὶ πάντα καλῶς νά ᾿ρχισι, μπαρμπα-Γιώργη!

Ὁ παπ᾿ Ἀγγελὴς δὲν ἠδυνήθη νὰ μὴ γελάσῃ, καὶ οἱ ἄλλοι τὸν ἐμιμήθησαν. Ὁ Γιώργης τ᾿ Παναγιώτ᾿ μετεβίβασε τὴν φλάσκαν εἰς τὸν ἀντικρύ του καθήμενον, τὸν Κούτρην, καὶ οὗτος ἔπιε χαιρετίσας διὰ βραχέων. Μετὰ τὴν τρίτην δὲ περίοδον τῆς φλάσκας, οὐδεμίαν πλέον ἠσθάνετο ἀντιπάθειαν πρὸς τὸν Γιώργην, ἀλλ᾿ ἠδελφώθησαν ὅλοι των. Καὶ ὁ

Γιώργης τ᾽ Παναγιώτ᾽, εἰς ὃν αἱ πολεμικαὶ ἀναμνήσεις ἐπανήρχοντο ἐναργέστεραι μετὰ τὸ γεῦμα, ἤρχισε νὰ διηγῆται εἰς τὴν ὁμήγυριν τὸν ἡρωικὸν θάνατον τοῦ Νικοτσάρα.

«Τρία καράβια ἤτανε στὰ νερὰ τῆς Κασσάνδρας μὲ τὰ φουσᾶτα τοῦ Νικοτσάρα καὶ τοῦ Σταθᾶ. Τοῦ Σταθᾶ τὸ καράβι ἦτον ὁλόμαυρο, μαῦρες οἱ πάντες, μαῦρα τὰ ξάρτια, μαῦρα τὰ πανιά, τὸ εἶχε τάξιμο, νὰ μὴν τ᾽ ἀσπρίσῃ, πρὶν ἐμβῆ νικητὴς μέσα στῇ Σαλονίκη. Ὅλη μέρα ἦταν μπονάτσα καραντί, τὰ τρία καράβια δὲν μποροῦσαν οὔτε μπρὸς νὰ πᾶν, οὔτε πίσου νὰ γυρίσουν γιὰ ν᾽ ἀράξουνε. Ἡ ἀρμάδα ἡ τούρκικη ηὗρε τὸ ρέμα τῆς θάλασσας, καὶ τὸ ρέμα-ρέμα, δῶ τοὺς εἶχε, κεῖ τοὺς εἶχε, τοὺς ἔφτασε ἀπ᾽ τὸ πλάι. Ὡς τόσο οἱ καπεταναῖοι οἱ δυό τους ἀντρειώθησαν. Ἦταν παλληκάρια, ποὺ δὲν πιστεύω νὰ ἐστάθησαν ἄλλοι, τοὺς ἐγνώρισα ἐγὼ πολὺ καλά. Ὁ καπετὰν Σταθᾶς μοῦ ἐχάρισε ἕνα μαμὲ κεχριμπαρένιο νὰ φουμάρω τὸ τσιμπ᾽κάκι μου, γιὰ νὰ τὸν θυμῶμαι καμμιὰ φορά, κι ὁ καπετὰν Νικοτσάρας, μιὰ φορὰ ποὺ τοῦ ἔδωκα κοκορέτσι, μὲ τὰ ἴδια μου τὰ χέρια φτιασμένο, τοῦ ἄρεσε τόσο, ποὺ πολλοὺς μῆνες ὕστερα ὅπου μ᾽ εὕρισκε, μόλεγε: "Τί ἔχουμε, ὠρὲ Γιώργη, δὲν ἔχεις τίποτε κοκορέτσι;" "Ὄρεξη νὰ ᾽χῃς, καπετάνε μου, τόλεγα ἐγώ· θέλεις νὰ σοῦ φτιάσω;" Καὶ τρεῖς φορές, ἐθυσίασα τρία πρόβατα, μόνο καὶ μόνο γιὰ νὰ τοῦ φτιάσω κοκορέτσι. Ὕστερα, σὰν ἐβγήκανε νὰ πᾶνε κατὰ τὴν Κασσάνδρα, οἱ ἄλλοι σύντροφοί τους, γιατὶ ἤτανε πολλὰ καράβια, μ᾽ ἑφτὰ καπεταναίους πολεμάρχους, ἔλειπαν, εἶχαν μιλημένα νὰ πᾶν ὕστερα νὰ τοὺς βροῦνε. Καὶ τὴν ἡμέρα ποὺ τοὺς ἔφτασε ἡ ἀρμάδα μὲ τὸ τούρκικο τ᾽ ἀσκέρι ἦταν μοναχοὶ ὁ Νικοτσάρας κι ὁ Σταθᾶς. Καὶ σὰν τοὺς ἔρριξαν οἱ Τοῦρκοι τρεῖς κανονιές, ἄναψε τὸ τουφέκι, κι ἄρχισε τὸ τόπι νὰ δουλεύῃ, τὸ καράβι τοῦ Νικοτσάρα ἐπιάστηκε μὲ τὴν τούρκικη φεργάδα ξάρτια μὲ ξάρτια, σὰν δυὸ κακὲς γειτόνισσες ποὺ μαλώνουν, καὶ πιάνονται μαλλιὰ μὲ μαλλιά. Μὰ ὁ Νικοτσάρας μὲ τὸν μπαλτὰ τοῦ ἔσπασε τοὺς γάντζους κ᾽ ἔκοψε τὰ μπαστούνια τοῦ Τούρκου, κ᾽ ἐγλύτωσε τὸ καράβι του ἀπ᾽ τὰ δόντια τοῦ θεριοῦ. Μὰ τὴν τελευταία στιγμή, ἐκεῖ ποὺ νικοῦσαν οἱ δικοί μας, καὶ τὸ μπουλούκι τὸ ρωμαίικο ἐφώναξε βρίζοντας τὴν πίστη τῶν Τούρκων, ἕνα βόλι τοῦ ἦρθε τοῦ Νικοτσάρα, κ᾽ ἐχώθηκε στὴν κοιλιά του, καὶ τὸν ἐλάβωσε βαθιά. Μὰ τὸ παλληκάρι τὸ καλό, εἶναι παλληκάρι καὶ στὸ θάνατό του. "Μ᾽ ἔφαγαν τὰ σκυλιά", εἶπε μιά, καὶ σφίγγοντας τὰ δόντια, βαστώντας μὲ τὸ χέρι τὰ σωθικά του, ποὺ ἐχυνόντανε ἀπ᾽ τὴν κοιλιά, βαστώντας μὲ τὰ δόντια τὴν ψυχή του, ποὺ τοῦ ἔφευγε ἀπ᾽ τὸ στόμα, ἐπρόφτασε κ᾽ εἶπε: "Συντρόφια!

πιάστε με καὶ καθίστε με ἀπάνω ἐκεῖ στὰ σκοινιά, κι ἀκουμπῆστέ με ἀπάνω στὸ κατάρτι... γιὰ νὰ μὴν τὸ καταλάβουν τὰ σκυλιὰ πῶς μὲ σκότωσαν καὶ πάρουν θάρρος... γιὰ νὰ μὴν τὸ μάθουν κ᾽ οἱ δικοί μας καὶ δειλιάσουνε". Καθὼς τοὺς εἶπε, τὸ κάμανε, καὶ τὸν ἀκούμπησαν μισαποθαμένον στὸ κατάρτι... κ᾽ οἱ Τοῦρκοι βλέποντας ἀπ᾽ ἀντίκρυ, ἐτρόμαζαν κ᾽ ἐλέγανε: "Τσάρας ρεΐζ! Τσάρας ρεΐζ!" Ὁ καπετάνιος ὁ Τσάρας! ὁ καπετάνιος ὁ Τσάρας! Κ᾽ οἱ δικοί μας, ἀπ᾽ τ᾽ ἄλλα τὰ καράβια, δὲν τὸ πῆραν μυρουδιὰ κ᾽ ἐστάθησαν ἀνδρειωμένοι, κ᾽ ἔδιωξαν τὴν τούρκικη ἀρμάδα. Κι ὅταν ἡ ἀρμάδα ἔγινε ἄφαντη, τότε τὸ ἔμαθαν, κ᾽ ἐγύρισαν πίσου στὸ νησί μας, γιὰ νὰ θάψουν τὸ Νικοτσάρα, ποὺ πέθανε κρατώντας μὲ τὰ χέρια τ᾽ ἄντερά του γιὰ νὰ μὴ χυθοῦν, μὲ τὰ δόντια τὴν ψυχή του γιὰ νὰ μὴ φύγῃ. Κ᾽ ἦρθαν καὶ τὸν ἔθαψαν, κάτου στὸ Λεχούνι κοντὰ στὴν ἄμμο, στὸ γιαλό, καὶ τότες τοῦ βγάλανε καὶ τραγούδι:

... Κ᾽ ἐκεῖνος ποὺ φοβέριζε καὶ ὅλοι τὸν ἐτρέμαν,

ἐπῆγαν καὶ τὸν θάψανε στοῦ Λεχουνιοῦ τὸ ρέμα.»

Τοιαῦτα τινά, ἀλλὰ μὲ πολλὰς τροπὰς φωνηέντων καὶ συγκοπὰς συλλαβῶν διηγήθη, ὡς εἶχεν ἐξ ἀκοῆς, ὁ μπαρμπα-Γιόργης τ᾽ Παναγιώτ᾽ καὶ μετὰ βαθέος στεναγμοῦ κατέστρεψε τὸν λόγον. Καὶ οἱ αἰπόλοι τὸν ἤκουον μετὰ θαυμασμοῦ, καὶ ὁ παπ᾽ Ἀγγελής, ἀκούων μετὰ συντόνου προσοχῆς, ἠσθάνθη δάκρυ ὑγραῖνον τὴν παρειάν του.

* * *

Ἀλλ᾽ ὁ Γιάννης ὁ Κούτρης, ὡς διὰ νὰ παρηγορήσῃ τὸν μπαρμπα-Γιώργην, καθ᾽ οὗ δὲν ἐμνησικάκει πλέον, διότι τοῦ ἐπῆρε τὰ πρωτεῖα, ἠγέρθη καὶ λύσας τὸ ὀνάριόν του, τὸ ὁποῖον ἔβοσκεν ἡσύχως εἰς τὸ λιβάδιον, ἤρχισε νὰ κάμνῃ κάτι παιγνίδια ἰδικά του. Συγχρόνως δὲ ὁ υἱός του ὁ Θοδωρής, δεκαπεντούτης, ὡς διὰ νὰ συνοδεύσῃ μὲ μουσικὴν τοὺς ἀγῶνας τοῦ πατρός του, ἔλαβε τὸ σουραύλι του, καὶ ἤρχισε νὰ συρίζῃ ἁπλοῦν καὶ μονότονον ἦχον. Ἐν τῷ μεταξὺ ὁ Γιάννης ὁ Κούτρης εἶχεν ἀναβῆ ἐπὶ τοῦ ὄνου ὑποβαλὼν σάγισμα ἀντὶ σέλλας καὶ βαίνων ἀργά, δῆθεν μετὰ σοβαρότητος, ἐπέβαλλεν εἰς τὸ ζῷον νὰ κάμνῃ κάτι βηματισμούς, κατὰ μίμησιν καὶ παρῳδίαν τῶν πολεμικῶν ἵππων. Καὶ ὁ Γιάννης ὁ Κούτρης πότε ἵστατο γονατιστὸς ἐπὶ τοῦ σαγίσματος, πότε ὑπτιάζετο ἐπὶ τῆς ράχεως τοῦ ζῴου, πότε ἐκρατεῖτο ἐκ τῆς χαίτης μὲ τὸν ἕνα πόδα ἐπάνω, μὲ τὸν ἄλλον κάτω εἰς τὴν γῆν, πότε ἐχάνετο ὑπὸ τὴν κοιλίαν τοῦ ζῴου, πότε ἔπιπτε ἀπὸ κεφαλῆς μέχρι γονάτων μεταξὺ τῶν τεσσάρων ποδῶν τοῦ ὄνου, κ᾽ ἐνῷ ἔλεγες ὅτι τώρα ἔπεσε, καὶ ὅτι ὁ ὄνος θὰ τὸν πατήσῃ, αἴφνης, ἐν ῥιπῇ ὀφθαλμοῦ, εὑρίσκετο πάλιν ἐπὶ τῆς ῥάχεως τοῦ ζῴου. Τοιούτους τινὰς μιμικοὺς ἀγῶνας ἤξευρε νὰ ἐκτελῇ ὁ Γιάννης ὁ Κούτρης. Τίποτε περισσότερον δὲν ἐχρειάζετο διὰ νὰ καγχάζῃ ἐπὶ πολλὴν ὥραν ἐν εὐθυμίᾳ ἡ ὁμήγυρις ὅλη.

* * *

Τέλος ὁ Γιάννης ὁ Κούτρης ἀφῆκε τὸν ὄνον του ἥσυχον, καὶ ὁ μπαρμπα-Γιώργης τ᾽ Παναγιώτ᾽, ὡς διὰ νὰ εὐχαριστήσῃ τὸν μιμικόν, ἐξέφερε πρὸς αὐτὸν ἰδίως ἀποτεινόμενος, πρὸς ἐπισφράγισιν τοῦ συμποσίου, τὴν τελευταίαν τῆς ἡμέρας πρόποσίν του, ἥτις ἤχησεν ὑπόκωφος, ὡς νὰ ἐξῆλθεν ἀπὸ τὸν πάτον τῆς φλάσκας, ⟨ἥτις ἤρχισε⟩ πλέον νὰ κλώζῃ καὶ νὰ φυσᾷ.

— Κὶ τ᾽ χρόν᾽ μὶ τοὺ καλὸ νὰ σᾶς βρῶ!

Ὁ Γιάννης ὁ Κούτρης ἀπήντησε:

— Καλῶς νὰ ᾽ρθῇς, μπαρμπα-Γιώργη μ᾽!

(1892)

ΛΑΜΠΡΙΑΤΙΚΟΣ ΨΑΛΤΗΣ

Ἐὰν ὁ ἥρως τοῦ παρόντος διηγήματος ἦτο αὐτούσιος ὁ γράφων, τότε ὁ ἐπὶ κεφαλῆς τίτλος θὰ εἶχε μᾶλλον τροπικὴν καὶ ἀλληγορικὴν σημασίαν. Διότι, ναὶ μέν, εὐδοκίᾳ τῆς θείας Προνοίας, εἶναι ἀληθὲς ὅτι καὶ χάρις εἰς τὴν φιλάδελφον προθυμίαν τοῦ χωρικοῦ καὶ ἀρχοντικοῦ φίλου μου κὺρ Γιάννη Πεντελιώτου, ἀξιοῦμαι σχεδὸν κατ᾽ ἔτος ἀνελλιπῶς, κατὰ τὰς περιδόξους ταύτας ἡμέρας, νὰ συμψάλλω ἐναμίλλως μετ᾽ αὐτοῦ, ὑποβαστάζοντος διὰ τῆς χειρὸς τὰ γυαλιά του, ἀγαπῶντος τὸ πολίτικον ὕφος, παρατείνοντος ἐπ᾽ ἄπειρον τὰ μουσικὰ κῶλα καὶ τὰς καταλήξεις του, εἰς τὸν μικρὸν ἀγροτικὸν ναΐσκον τοῦ χωρίου Θ. ὅπου μυροβολεῖ ἑλισσόμενον εἰς κυανοῦς στεφάνους τὸ μοσχολίβανον, περιβάλλον ὡς διὰ φεύγοντος πλαισίου τοὺς ἀκτινωτοὺς στεφάνους καὶ τὰς σεμνὰς ὄψεις τῶν ἁγίων, καὶ ὅπου μὲ τὰς κεντητὰς ποδιάς των καὶ τὰ λευκὰ κολόβια αἱ νεαραὶ χωρικαὶ προσέρχονται φέρουσαι ἀγκαλίδας ῥόδων καὶ ἴων καὶ θημωνίας ὅλας δενδρολιβάνου, καταφορτώνουσαι μὲ λόφους ἀνθέων τὸν πενιχρὸν ἐπιτάφιον, μὴ ἔχοντα ἀνάγκην ἄλλης πολυτελείας. Ἐκεῖ εἰσβάλλει οὐλαμὸς ὅλος αὐτοσχεδίων ψαλτῶν, κρατούντων ἀνὰ ἓν φυλλάδιον τοῦ ἐπιταφίου εἰς τὴν χεῖρα, οἵτινες φιλοτιμοῦνται νὰ ψάλλωσιν ἐν σπαρακτικῇ παραφωνίᾳ τὰ ἐγκώμια, καταστρέφοντες διὰ κωμικῶν σφαλμάτων καὶ τὰς ὀλίγας λέξεις, ὅσαι εἶναι ὀρθῶς τυπωμέναι εἰς τὰ φυλλάδια ἐκεῖνα.

Χωρὶς νὰ εἶμαι κύριον μέρος τοῦ αὐτοσχεδίου τούτου χοροῦ, ὀφείλω νὰ ὁμολογήσω ὅτι, καίτοι προσπαθῶν νὰ συμψάλλω ὑποφερτὰ κάπως μὲ τὸν ἀρχοντικὸν καὶ πρόθυμον φίλον μου, οὐχ ἧττον ὑστερῶ αὐτοῦ κατὰ πολλά, καὶ διὰ τοῦτο ἐπεκαλέσθην ἐν ἀρχῇ, ὡς ἐπιείκειαν ἐκ μέρους τοῦ ἀναγνώστου, τὴν τροπικὴν τοῦ τίτλου ἐκδοχήν, καθ᾽ ὃν δηλ. τρόπον εἰς ὅλους τοὺς ναούς, παρουσιάζονται κατὰ τὰς ἡμέρας ταύτας πολλοὶ τέως ἄγνωστοι, μουσόληπτοι ἐκ τοῦ παραχρῆμα, λαμπριάτικοι ψάλται, οὕτω καὶ ὁ γράφων, ἐνῷ καθ᾽ ὅλον τὸν ἄλλον χρόνον σιωπᾷ, παρουσιάζεται, δὶς τοῦ ἔτους οὗτος, τὰ Χριστούγεννα καὶ τὸ Πάσχα, κατ᾽ ἀποκοπὴν διηγηματογράφος. Τὸ πρᾶγμα ἤρχισε νὰ γίνεται κάπως φορτικόν, καὶ πολλοὶ μὲν ἐσκανδαλίσθησαν, τινὲς δὲ καὶ τὸ ἀπεδοκίμασαν. Ἀρκοῦσι τόσαι ἄλλαι μανίαι, τόσοι ξενισμοί. Ἡμεῖς δὲν εἴμεθα Ἄγγλοι οὔτε Ἀμερικάνοι. Μὴ μᾶς σκοτίζῃς καὶ σύ. Πόθεν ἔλαβες ἀφορμὴν νὰ ὑποθέσῃς ὅτι τὸ κοινὸν θέλγεται ἀπὸ τὰς ἀναμνήσεις σου ἢ συγκινεῖται ἀπὸ τὰ αἰσθήματά σου; Τὸ ἔκαμες μίαν φορὰν ἢ δύο. Ἀρκεῖ. Παῦσε πλέον. Δὲν βλέπεις ὅτι τὸ αἰώνιον θέμα σου ἐξηντλήθη, καὶ ὅτι εὑρίσκεσαι εἰς τὴν ἀνάγκην νὰ προσπαθῇς βίᾳ νὰ παρουσιάσῃς ἁπλῆν παραλλαγὴν κατ᾽ ἔτος;

Ἐν πρώτοις, καλὸν θὰ ἦτο νὰ διακρίνωμεν ὅ,τι εἶναι πράγματι ξενισμὸς ἀπὸ ὅ,τι δύναται νὰ εἶναι, ἐκ τῆς φύσεως τῶν πραγμάτων, κοινὸν εἰς πάντα τὰ ἔθνη. Λόγου χάριν, τὸ νὰ ἐκδίδωνται τὰ περιοδικὰ κατὰ Σάββατον ἢ Κυριακὴν εἶναι ξενισμός; Τὸ νὰ δημοσιεύουν αἱ πολιτικαὶ ἐφημερίδες φιλολογικωτέραν ὕλην κατὰ Κυριακήν, εἶναι ξενισμός; Ἑνὶ λόγῳ, τὸ νὰ σχολάζῃ τις κατὰ τὰς ἑορτὰς ἀπὸ τῆς τύρβης τοῦ κόσμου, ὡς καὶ ἀπὸ τῆς ἀναγνώσεως ἄρθρων πολιτικῶν, καὶ νὰ αἰσθάνεται τὴν ἀνάγκην ἁβροτέρας, τερπνοτέρας, ἀκοπωτέρας ἀναγνώσεως εἶναι ξενισμός; Ἔστω, ἀλλὰ δύνασαι νὰ δημοσιεύῃς ἐν ἡμέραις ἑορτῶν διηγήματα ἢ περιγραφάς, χωρὶς νὰ κάμνῃς ποσῶς λόγον περὶ τῶν Χριστουγέννων καὶ τοῦ Πάσχα.

Ἰδοὺ λοιπὸν ποῖον τὸ αἴτιον τῆς δυσφορίας των — καὶ πόσον ἀφελῶς τὸ ὁμολογοῦσι... τὸ ἐξωτερικεύουσι. Νὰ φιλοξενηθῇς ἡγεμονικῶς εἰς τὰ μέγαρα μεγάλου ἄρχοντος, καὶ νὰ μὴ προπίῃς εἰς τιμὴν τοῦ οἰκοδεσπότου! Νὰ ἀπολαύσῃς (ξενίας δεσποτικῆς καὶ ἀθανάτου τραπέζης) καὶ νὰ μὴ ἀποδώσῃς εὐχαριστίαν εἰς τὸν ἑστιάτορα! Ἀλλ᾽ εἰς τὰ διηγημάτια, ὅσα ἐδημοσίευσα κατὰ καιροὺς ὁ ὑποφαινόμενος τὰ Χριστούγεννα ἢ τὸ Πάσχα ἐνεπνεύσθην, ἀληθῶς, ἀπὸ τὰς ἀναμνήσεις μου καὶ τὰ αἰσθήματά μου, τὰ ὁποῖα θέλγουσι καὶ συγκινοῦσιν ἐμὲ αὐτόν — ἴσως καὶ ὀλίγους ἐκλεκτοὺς φιλαναγνώστας. Ὅτι δὲ τοιοῦτοι ὑπάρχουσιν, ἀποδεικνύεται ἐκ τούτου, ὅτι δύο τῶν ἐφημερίδων, αἱ κορυφαῖαι τῆς πρωτευούσης, ὡς καὶ τὸ μονάκριβον περιοδικόν, δεξιοῦνται τὰ ἑορτάσιμα διηγημάτια τῶν ἡμερῶν τούτων. Ἔπειτα οὐδαμοῦ σχεδὸν θὰ εὕρητε ὅτι ἐπεζήτησα βεβιασμένην θέσιν ἢ πλοκήν, ὅπως γαλβανίσω τὴν περιέργειαν τοῦ ἀναγνώστου. Ὅπου γίνεται λόγος περὶ ξενιτευμένων, οἵτινες ἐπιστρέφουσι μετὰ μακρὰν ἀπουσίαν ἢ στέλλουσι γράμματα μετὰ ὑλικῆς παρηγορίας εἰς τοὺς οἰκείους, ταῦτα ὅλα βασίζονται ἐπὶ τῆς πραγματικότητος, καθόσον ὅλοι οἱ ζήσαντες εἰς παραθαλασσίους καὶ ναυτικοὺς τόπους τῆς Ἑλλάδος κάλλιστα γνωρίζουσιν ὅτι, κατὰ τὰς παραμονὰς ἰδίως τῶν ἑορτῶν, πολλοὶ ξενιτευμένοι, ἐνῷ συνήθως φαίνονται ψυχροὶ καὶ ἀπεσκληρυμμένοι τὸν φλοιόν, αἴφνης ἐνθυμοῦνται τοὺς οἰκείους των, καὶ ἢ ἐπιστρέφουσιν εἰς τὰς πατρίδας, ἢ ἂν αὐτοὶ κωλύωνται ὑπὸ φιλοτιμίας νὰ κατέλθωσιν εὐπροσώπως, ὄχι σπανίως ἀποστέλλουσι παραμυθίαν εἰς τὰς γηραιὰς μητέρας καὶ τὰς ἀδελφάς των. Ἐν ἄλλοις γίνεται λόγος περὶ τῶν κοινωνικῶν καὶ οἰκογενειακῶν ἐθίμων τῶν σχετιζομένων μὲ τὰς ἑορτάς, καὶ ἀλλαχοῦ πάλιν ἡ ἀσθενὴς πλοκὴ στρέφεται περὶ νεωτεριστικόν τι καὶ φθοροποιὸν ἔθιμον. Τί τὸ ἀπίθανον εἰς ὅλα ταῦτα;

Ἀλλὰ τὰ πλεῖστα τῶν ὑπ᾽ ἐμοῦ γραφέντων ἑορτασίμων διηγημάτων ἔχουσιν, ἂς μοῦ ἐπιτραπῇ ὁ λατινικὸς ὅρος, a priori τὴν ὑπόθεσιν, εἶναι δηλαδὴ μᾶλλον θρησκευτικά. — Ποίαν χάριν, σᾶς παρακαλῶ, ποίαν δύναμιν ἢ πρωτοτυπίαν θὰ εἶχε τὸ νὰ λάβῃ τις τὸν κόπον νὰ περιγράψῃ λεπτομερῶς πῶς χωρικὸς ἱερεὺς ἀπῆλθε νὰ λειτουργήσῃ εἰς ἐξωκκλήσιον, χάριν μικρᾶς κοινότητος ἀγροίκων ἢ βοσκῶν, ποῖοι καὶ πόσοι μετέσχον τῆς πανηγύρεως, καὶ ποῖά τινα ἦσαν τὰ ἤθη τῶν πανηγυριστῶν; Τοῦτο θὰ ἦτο ὅλως εὐτελὲς καὶ ταπεινόν, κατὰ τὴν γνώμην τῶν κριτικῶν. Τὸ νὰ γράψῃ τις, ὅτι γηραιὸς ἀνὴρ ἐφόνευσε τὴν συμβίαν του, κατ᾽ αὐτὴν τὴν ἡμέραν τῶν Χριστουγέννων —χωρὶς μήτε ὁ ἀναγνώστης μήτε ὁ συγγραφεὺς νὰ ὑποπτεύωσι κἂν διατί τὴν ἐφόνευσε—, τοῦτο εἶναι ὑψηλὸν καὶ πολυτελές, κατὰ τὴν ἐκτίμησιν μερικῶν. Μετὰ τοιοῦτον ἔγκλημα κατ᾽ αὐτὴν τὴν ἁγίαν ἡμέραν, τὸ θέμα ἐξηντλήθη, καὶ ὅλα τὰ Χριστουγεννιάτικα καὶ τὰ πασχαλινὰ διηγήματα δὲν πρέπει πλέον νὰ βλέπωσι τὸ φῶς.

Μὴ θρησκευτικά, πρὸς Θεοῦ! Τὸ Ἑλληνικὸν Ἔθνος δὲν εἶναι Βυζαντινοί, ἐνοήσατε; Οἱ σημερινοὶ Ἕλληνες εἶναι κατ᾽ εὐθεῖαν διάδοχοι τῶν ἀρχαίων. Ἔπειτα ἐπολιτίσθησαν, ἐπροώδευσαν καὶ αὐτοί. Συμβαδίζουν μὲ τἆλλα ἔθνη. Ποίαν ποίησιν ἔχει τὸ νὰ γράψῃς ὅτι ὁ Χριστὸς «δέχεται τὴν λατρείαν τοῦ πτωχοῦ λαοῦ», καὶ ὅτι ὁ πτωχὸς ἱερεὺς «προσέφερε τῷ Θεῷ θυσίαν αἰνέσεως»; Καὶ νὰ περιγράφῃς τὸ ἐσωτερικὸν τοῦ ναΐσκου, μὲ τὰς νυσταλέας κανδήλας καὶ τὰς ἀμαυρὰς μορφὰς τῶν Ἁγίων ὁλόγυρα! Δὲν τὰ ἐννοοῦμεν ἡμεῖς αὐτά. Ἡμεῖς θέλομεν διήγημα, τὸ ὁποῖον νὰ εἶναι ὅλον ποίησις, ὄχι πεζὴ πραγματικότης. Σὺ δὲ πῶς τολμᾷς νὰ γράφῃς, ὁμιλῶν περὶ Ἰουλιανοῦ τοῦ Παραβάτου, καρφωμένου εἰς τὸν τοῖχον ἀπὸ τὴν λόγχην τοῦ Ἁγ. Μερκουρίου, τοιαύτην βλάσφημον φράσιν: «Πελιδνὸς ὁ παράφρων τύραννος...»; Ὅταν συγγραφεὺς ἄλλος, καὶ ἄλλης περιωπῆς δημοσιεύσας πρὸ ἐτῶν ἱστορικοφανταστικὸν δρᾶμα, προέτασσε χυδαῖα ἀληθῶς προλεγόμενα, δι᾽ ὧν ὕβριζε βαναύσως τὴν θρησκείαν τῶν πατέρων του — τότε οὐδεὶς λόγος ἦτο ὅπως σκανδαλισθῇ τις, διότι τὸ πρᾶγμα ἦτο τῆς μόδας. Ἀλλὰ σύ, νὰ τολμᾷς νὰ ἐκφράζεσαι μὲ τοιαύτην ἀσεβῆ γλῶσσαν περὶ τοῦ Ἰουλιανοῦ ἐκείνου, τοῦ Παραβάτου ἢ Ἀποστάτου καλουμένου — ἡ θρασύτης ὑπερβαίνει πᾶν ὅριον. Καὶ ὅμως ὁ σοφὸς ἐπικριτὴς δὲν ἐνόησεν ὅτι ἡ φράσις ἦτο ἐξ ἀντικειμένου, ὅπως λέγουσιν αὐτοί· ἀπέδιδε δηλ. διὰ λέξεων τὰ χρώματα τοῦ ζωγράφου· καὶ ὅτι πᾶν ζήτημα περὶ τῶν δοξασιῶν τοῦ γράφοντος (ὅστις ἐν τούτοις δὲν ἀρνεῖται ὅτι συμμερίζεται τὴν γνώμην τοῦ Βυζαντινοῦ τοιχογράφου) παρέλκει ὅλως.

Διὰ νὰ δώσωμεν πέρας εἰς τὸ προοίμιον αὐτό, θὰ εἴπωμεν μὲ δύο λέξεις ὅτι: Τὸ σημερινὸν ἔθνος δὲν ἐπῆγε, δυστυχῶς, τόσον ἐμπρός, ὅσον λέγουν αὐτοί. Τὸ ἔθνος τὸ ἑλληνικόν, τὸ δοῦλον τοὐλάχιστον, εἶναι ἀκόμη πολὺ ὀπίσω, καὶ τὸ ἐλεύθερον δὲν δύναται νὰ τρέξῃ ἀρκετὰ ἐμπρός, χωρὶς τὸ ὅλον νὰ διασπαραχθῇ, ὡς διασπαράσσεται, φεῦ! ἤδη. Ὁ τρέχων πρέπει νὰ περιμένῃ καὶ τὸν ἑπόμενον, ἐὰν θέλῃ ἀσφαλῶς νὰ τρέχῃ· ὁ ἐλεύθερος πρέπει νὰ βοηθῇ τὸν δεσμώτην ἢ πρέπει νὰ τὸν ἀνακουφίζῃ. Ὅσον παρέρχεται ὁ χρόνος, τόσον τὸ ἐλεύθερον ἔθνος καθίσταται οἴμοι! ἀνικανώτερον ὅπως δώση χεῖρα βοηθείας εἰς τὸ δοῦλον ἔθνος. Ἄγγλος ἢ Γερμανὸς ἢ Γάλλος δύναται νὰ εἶναι κοσμοπολίτης ἢ ἀναρχικὸς ἢ ἄθεος ἢ ὅ,τιδήποτε. Ἔκαμε τὸ πατριωτικὸν χρέος του, ἔκτισε μεγάλην πατρίδα. Τώρα εἶναι ἐλεύθερος νὰ ἐπαγγέλλεται, χάριν πολυτελείας, τὴν ἀπιστίαν καὶ τὴν ἀπαισιοδοξίαν. Ἀλλὰ Γραικύλος τῆς σήμερον, ὅστις θέλει νὰ κάμῃ δημοσίᾳ τὸν ἄθεον ἢ τὸν κοσμοπολίτην, ὁμοιάζει μὲ νᾶνον ἀνορθούμενον ἐπ᾽ ἄκρων ὀνύχων καὶ τανυόμενον νὰ φθάσῃ εἰς ὕψος καὶ φανῇ καὶ αὐτὸς γίγας. Τὸ ἑλληνικὸν ἔθνος, τὸ δοῦλον, ἀλλ᾽ οὐδὲν ἧττον καὶ τὸ ἐλεύθερον, ἔχει καὶ θὰ ἔχῃ διὰ παντὸς ἀνάγκην τῆς θρησκείας του.

Τὸ ἐπ᾽ ἐμοί, ἐνόσῳ ζῶ καὶ ἀναπνέω καὶ σωφρονῶ, δὲν θὰ παύσω πάντοτε, ἰδίως δὲ κατὰ τὰς πανεκλάμπρους ταύτας ἡμέρας, νὰ ὑμνῶ μετὰ λατρείας τὸν Χριστόν μου, νὰ περιγράφω μετ᾽ ἔρωτος τὴν φύσιν καὶ νὰ ζωγραφῶ μετὰ στοργῆς τὰ γνήσια ἑλληνικὰ ἤθη. Ἐὰν ἐπιλάθωμαί σου, Ἱερουσαλήμ, ἐπιλησθείη ἡ δεξιά μου, κολληθείη ἡ γλῶσσά μου τῷ λάρυγγί μου, ἐὰν οὐ μή σου μνησθῶ.

* * *

Ἀλλ᾽ ὁ ἥρως τοῦ παρόντος διηγήματος εἶναι ὁ κὺρ Κωνσταντὸς ὁ Ζ᾽μαροχάφτης, τρίτος πάρεδρος τοῦ δήμου Λίτης, τοῦ χωρίου Ἀν..., ὅστις ὑπεσχέθη, ὡς εἶχε πάντοτε συνήθειαν εὐκόλως νὰ ὑπόσχεται (εἰς τὴν ἀρετὴν δὲ ταύτην ἴσως ὤφειλε καὶ τὴν ἐπιτυχίαν του εἰς τὰ πολιτικά· διότι ἐνῷ ὁ α᾽ καὶ ὁ β᾽ πάρεδρος εἰς πᾶσαν ἐκλογήν, ἐμάχοντο πάντοτε περὶ τῆς πρώτης τάξεως πρὸς ἀλλήλους, αὐτός, μετριόφρων καὶ χωρὶς κεράσματα, ἐξελέγετο ἀσφαλῶς τρίτος ἑκάστοτε, μὴ ὑπάρχοντος τετάρτου συναγωνιστοῦ), ὑπεσχέθη, λέγω, νὰ ὑπάγῃ νὰ συλλειτουργήσῃ τὸν παπα-Διανέλον τὸν Πρωτέκδικον, ἔξω, εἰς τὸ παρεκκλήσιον τοῦ Ἁγίου Ἰωάννου τοῦ Προδρόμου. Ὁ ναΐσκος εὑρίσκετο τρεῖς ὥρας μακρὰν τῆς πόλεως, καὶ ὁ παπα-Διανέλος ὁ Πρωτέκδικος εἶχεν ἀπέλθει ἐκεῖ ἀπὸ τῆς πρωίας τοῦ Μεγάλου Σαββάτου, ἀφοῦ ἔλαβε τὴν ὑπόσχεσιν τοῦ κὺρ Κωνσταντοῦ ὅτι θὰ ἔφθανε πρὸς τὸ βράδυ διὰ νὰ ψάλῃ καὶ συνεορτάσωσιν ὁμοῦ τὴν Ἀνάστασιν. Ἄλλον βοηθὸν ὁ παπᾶς δὲν εἶχεν· ὁ νεώτερος υἱός του ἑτοιμαζόμενος ἐφέτος δι᾽ ἐξετάσεις εἰς τὸ Διδασκαλεῖον, δὲν ἠδυνήθη νὰ ἔλθῃ τὸ Πάσχα· ὁ ἄλλος ἔλειπε διαρκῶς ναύτης μὲ τὰ καράβια του. Θυγατέρας, τὸ ἄφθονον τοῦτο προϊὸν τοῦ τόπου —καὶ τῆς ἱερατικῆς ἐγγάμου τάξεως μάλιστα— τοῦ εἶχεν ἀφήσει πλησμονὴν ἡ μακαρίτισσα ἡ πρεσβυτέρα, πέντε τὸν ἀριθμόν, ἃς εἶχαν ζωήν, ὅπου δὲν ἔπαυαν ἀενάως νὰ μεγαλώνουν, νὰ μὴν ἀβασκαθοῦν· ἦσαν τόσον γείτονες τὴν ἡλικίαν, ὥστε δὲν ἐπρόφθανε νὰ μεγαλώσῃ ἡ μία, καὶ ἡ ἄλλη ἀμέσως τὴν ἔφθανεν· ὅσον ἐμεγάλωναν τόσον ἐφαίνοντο, καὶ μάλιστα αἱ μεσαῖαι τρεῖς, ἴσαι περίπου εἰς τὰ χρόνια, ἴσαι καὶ εἰς τὸ ἀνάστημα· καὶ ὁ παπα-Διανέλος, ἀκούσιος ἱερομόναχος, δὲν ἦτο ἐλεύθερος οὔτε εἰς μοναστήριον νὰ καταφύγῃ.

Τὸν τριῶν ὡρῶν δρόμον ἀπὸ τὴν πολίχνην εἰς τὸ ἐξωκκλήσιον εἶχε διανύσει τὸ πρωί, ἀπολείτουργα, ὁ παπα-Διανέλος, ἀκολουθούμενος ἀπὸ τὰς δύο νεωτέρας θυγατέρας του, κορασίδας δέκα καὶ δώδεκα ἐτῶν, καὶ ἀπὸ ὁμάδα ἑπτὰ ἢ ὀκτὼ γυναικῶν φιλεόρτων, προπορευομένου τοῦ ὄνου του, φορτωμένου τὸ δισάκκιον μὲ τὰ ἱερὰ τοῦ παπᾶ. Ὁ ἥλιος ἦτον ὡς δύο καλαμιὲς ὑψηλά, ὅταν ἐξῆλθον εἰς τοῦ Γιατροῦ τ᾽ Ἀμπέλι, εἶτα ἔφθασαν εἰς τὰ Βουρλίδια, εἶτα ἀνῆλθον ἀσθμαίνοντες εἰς τοῦ Ματαρώνα τὸν Πεῦκον, ὅστις ἵστατο τότε ἀκόμη ἐκεῖ καὶ εὐηργέτει τοὺς ὁδοιπόρους μὲ τὴν παρήγορον σκιάν του εἰς τὴν κορυφὴν τοῦ ὑψώματος, πρὶν ἀσυνείδητος βάρβαρος, τῇ ἀνοχῇ ἢ τῇ ἐνοχῇ ἐκείνων τοὺς ὁποίους ὁ πλέον ἄτυχος τῶν λαῶν τοῦ κόσμου, ἐκ περιτροπῆς ἐκλέγει ἄρχοντας καὶ προστάτας του, ῥίψῃ ἀσπλάγχνως κάτω τὸ περικαλλὲς δένδρον καὶ ἀπογυμνώσῃ τὸ τοπίον τοῦ μοναδικοῦ στολισμοῦ του.

Ἐκεῖθεν ἀνῆλθον εἰς τὸ Πετράλωνον καὶ εἰς τοῦ Σταμέλου τὴν Βρυσούλαν, καὶ ἀνέβησαν δι᾽ ἀνωφεροῦς ὁδοῦ εἰς τοῦ Κανάκη τὴν Βρύσιν καὶ διὰ τῆς Κλινιᾶς κατῆλθον εἰς τοῦ Χαιρημονᾶ τὸ ῥέμα, καὶ ἔφθασαν εἰς τὴν βόρειον ἀκτὴν τῆς νήσου, ἐφ᾽ ὕψους τῆς ὁποίας, περίοπτος ἐκ τοῦ πελάγους, ἀκούων τοὺς κτύπους τοῦ πλήττοντος τὰς ἀκτὰς κύματος, σιωπηλὸς καὶ διηγούμενος πέντε αἰώνων σπαρακτικὴν ἱστορίαν μαρτυρίου καὶ αἵματος, ἐγείρεται πενιχρὸς ἀλλὰ σεμνὸς τῆς Ἀποτομῆς τοῦ τιμίου Προδρόμου ὁ ἱερὸς ναΐσκος.

Εἰσῆλθον εἰς τὸν περίβολον τοῦ ναοῦ καὶ ἐξεφόρτωσαν τὸ ὀνάριον. Αἱ γυναῖκες ῥοδοκόκκιναι, ἐξαναμμέναι ἐκ τῆς ὁδοιπορίας, ἀενάως κελαδοῦσαι καὶ καγχάζουσαι, ἐτίναξαν τὰ οὐδόλως κορνιακτισμένα κράσπεδά των, καὶ ἐφόρεσαν ἐπὶ τοῦ κοντοῦ φουστανίου τῆς ὁδοιπορίας τὰς μακρὰς καὶ πολυπτύχους ἐσθῆτας. Ὁ παπᾶς ἔρριψε κάτω τὴν μίαν ἄκραν τοῦ στακτεροῦ ζωστικοῦ του, κ᾽ ἐφόρεσεν ἄνωθεν αὐτοῦ τὸ μαῦρον ῥάσον του. Εἰσῆλθον ὅλοι εἰς τὸν ναὸν κ᾽ ἐπροσκύνησαν.

Ἐκ τῶν γυναικῶν, αἱ μὲν συνέλεξαν χαμόκλαδα καὶ ἤναψαν φωτιάν, διὰ νὰ ψήσωσι καφὲν καὶ προσφέρωσιν εἰς τὸν ἱερέα, αἱ δὲ ἔδρεψαν ἐκ τῶν εὐωδῶν θάμνων δέσμας σχοίνων καὶ πριναρίων καὶ φασκομηλεῶν, καὶ συνέδεσαν προχείρως διὰ κλωστῆς σκούπας, καὶ ἤρχισαν γοργὰ καὶ στρωτὰ νὰ σκουπίζωσιν ἄλλαι τὸ ἔδαφος τοῦ ναοῦ, ἄλλαι τὸ προαύλιον· ὁ ἱερεὺς ἀπετέλεσε σκούπαν ἐκ δάφνης καὶ μύρτου καὶ δενδρολιβάνου, καὶ ἐσάρωσε μόνος του τὸ Θυσιαστήριον, καὶ ὅλον τὸ ἱερὸν Βῆμα. Δὲν ἔπαυε δὲ νὰ γογγύζῃ καὶ νὰ διαμαρτύρηται ἐναντίον τῆς ἀβελτηρίας, ὡς ἔλεγε, τῶν βοσκῶν καὶ τῶν αἰπόλων, αὐτῶν ἐκείνων οἵτινες τὸν εἶχον προσκαλέσει νὰ τοὺς κάμῃ Ἀνάστασιν εἰς τὸ βουνόν, καὶ ἐκ τῶν ὁποίων κανεὶς δὲν εἶχε φανῆ ἀκόμη· αὐτοὶ προέβαινον ἐνίοτε μέχρι τῆς βεβηλώσεως τοῦ νὰ εἰσάγωσιν, ἴσως ἐν καιρῷ βροχῆς, τὰ θρέμματά των ἐντὸς τῶν ἐξωκκλησίων, ὡς ἠδύνατο νὰ πεισθῇ τις ἐκ τῆς παρουσίας διαφόρων ἰχνῶν τῆς εἰσβολῆς, τὰ ὁποῖα οὐδ᾽ εἶχον λάβει τὸν κόπον νὰ ἐξαλείψωσιν. Ἔνδοθεν τοῦ ἱεροῦ Βήματος, ἐνῷ ἔκυπτε διὰ νὰ σκουπίσῃ, ἠκούετο ἀπὸ καιροῦ εἰς καιρὸν ψιθυρίζων μετὰ στεναγμοῦ:

— Ἄχ! ἀλλοίμονο... «Ἀνθρώπους καὶ κτήνη σώσεις, Κύριε!»

— Δὲν τσάκισε κανεὶς τὸ ποδαράκι του! ἔκραξεν ἀπαντῶσα ἔξωθεν εἰς τὸν στεναγμὸν τοῦ ἱερέως ἡ θεια-Σειραϊνώ, ἡ ἀληθὴς σημαιοφόρος τῶν ἐξοχικῶν λειτουργιῶν καὶ τῶν πανηγυρίων.

— «Ἀνθρώπους καὶ κτήνη!», ἐψιθύρισε πάλιν ὁ ἱερεύς.

Εἶχε παρέλθει ἤδη ἡ μεσημβρία, καὶ ὁ ἱερεὺς μετὰ τοῦ μικροῦ ποιμνίου ἐκάθησαν νὰ γευματίσωσιν ὑπὸ τὴν ἱερὰν ἐλαίαν, ἐν τῷ περιβόλῳ τοῦ ναΐσκου, ἐγγὺς τοῦ παμπαλαίου ἐκείνου λιθοκτίστου κιβουρίου, τὸ ὁποῖον κατ᾽ ἄλλους ἦτο στέρνα ὕδατος καὶ κατ᾽ ἄλλους κοιμητήριον ἢ ὀστεοθήκη. Ἡ θειὰ τὸ Μαθηνώ, γηραιὰ εὐλαβὴς κατὰ τοὺς μέν, ψευτομετάνισσα κατὰ τοὺς δέ, ἐνάρετος γυνή, ἀποβλέψασα πρὸς τὸ κτίριον τοῦτο μετὰ στεναγμοῦ εἶπεν:

— Ἡμεῖς τρῶμε, κορίτσια· νὰ ἔχουν τάχα κ᾽ οἱ φτωχοί, νὰ φᾶνε!

— Τρῶν οἱ πεθαμένοι, θεια-Μαθηνώ; εἶπε τὸ Ἀγλαώ, ἡ δωδεκαέτις παιδίσκη τοῦ ἱερέως.

—Οἱ πεθαμένοι τρῶνε κόλλυβα, ἐγὼ τὸ ξέρω, προσέθηκε τὸ Καλλιοπώ, ἡ δεκαέτις μικρὰ ἀδελφή της· καὶ γι᾽ αὐτό, ἡμεῖς στὸ σπίτι ὅσα κόλλυβα μᾶς φέρουνε, ὅλα τὰ μοιράζουμε στοὺς φτωχοὺς καὶ στὰ παιδιὰ τὰ γειτονόπουλα, γιὰ νὰ ἔχη ἡ μάννα μας, ἡ φτωχή, νὰ φάη στὸν ἄλλον κόσμο...

—Σιωπή, Καλλιοπώ! εἶπεν ὁ ἱερεύς, θέλων νὰ κρύψη τὴν συγκίνησίν του.

Πρὸ δώδεκα καὶ πλέον ἐτῶν ὁ παπα-Διανέλος ἔσχε φίλον τινὰ ἑλληνοδιδάσκαλον, χρηστὸν ἄνδρα, ἀλλ᾽ ὅστις εἶχε ἀδυναμίαν εἰς τὰ ἑλληνικὰ ὀνόματα. Εἶχε γίνει σύντεκνος τοῦ ἱερέως, καὶ βαπτίσας τὰς δύο τελευταίας κόρας του εἶχε δώσει αὐταῖς ἀρχαιοπρεπῆ ὀνόματα, τὰ ὁποῖα ὅμως, ἐπειδὴ εὑρέθησαν ἐπὶ οὐδετέρου ἐδάφους, ἐξουδετερώθησαν, ὡς εἰκός, καὶ αὐτά.

—Τί! ἔχει δίκιο τὸ κορίτσι, παπά· ἀνέκραξεν ἡ θειὰ τὸ Μαθηνώ, ἥτις ἐνθυμήθη τότε τὰ «πεθαμένα της», τέσσαρα παιδιὰ καὶ τὸν ἄνδρα της, ὁποὺ εἶχε θάψει, μείνασα μὲ δύο θυγατέρας, ὑπάνδρους, τὰς ὁποίας εἶχε στήριγμα ἀκόμη εἰς τὸν κόσμον· ἔχει δίκιο τὸ κορίτσι. Ὁ παπα-Θεόφιλος, ὁ μακαρίτης ἡγούμενος τῆς Μεγαλόχαρης τῆς Εὐαγγελίστρας, τὸ ἴδιο μᾶς ἔλεγε, γιὰ ἕναν ποὺ τὸν εἶχε πλακώσει ὁ μάγγανος, ποὺ τὸν εἶχαν ὅλοι γιὰ πεθαμένον, ποὺ ἡ γυναίκα του τοῦ ἔκαμε τὰ τρίμερα καὶ τὰ νιάμερα, καὶ Ἄγγελος Κυρίου ἔπαιρνε τὸ πιάτο μὲ τὰ κόλλυβα, καθὼς ἦταν σταυρωμένο μὲ τὶς σταφίδες καὶ μὲ τὰ ρόιδα καὶ τὸ πήγαινε εἰς τὸν πλακωμένον κ᾽ ἔτρωγε, δὲν ξέρω πόσες μέρες, κι ἀνάσαινε ἀπὸ μιὰ τρύπα τῆς γῆς, θαρρῶ, ὡς ποὺ ὁ ἄνθρωπος δὲν ἀπέθανεν, κ᾽ ἐσήκωσεν τὸ μάγγανο, καὶ τὸν ξελευθέρωσεν, δὲν εἶν᾽ ἀλήθεια αὐτά, παπά;

—Ἀλήθεια εἶναι, βλοημένη, ἀπήντησεν ὁ ἱερεύς· ἀλλὰ τώρα εἶναι... γιὰ ὅσους θέλουν νὰ τὰ πιστεύσουν.

—Κι ὅσοι δὲν τὰ πιστεύουν;

—Θὰ πᾶνε στὴν Κόλαση, τὸ ξέρω ἐγώ, εἶπε τὸ Καλλιοπώ.

—Μὰ σὰν εἶν᾽ ἀλήθεια, παπά, γιατί ὁ Ἄγγελος Κυρίου δὲ σήκωνε μιὰ καὶ καλὴ τὸ μάγγανο νὰ ξελευθερώση τὸν ἄνθρωπο; εἶπεν ἡ Ἀννούδα, μία τῶν γυναικῶν.

—Γιατὶ ὁ σκοπὸς δὲν ἦτον νὰ δειχθῇ ἡ παντοδυναμία τοῦ Θεοῦ, ὁποὺ εἶναι ἀποδειγμένη δι᾿ ἀπείρων θαυμάτων, ἀπήντησεν ὁ ἱερεύς, ἀλλὰ νὰ φανερωθῇ μόνον ἡ δύναμις τῶν μνημοσύνων καὶ τῶν διὰ τοὺς νεκροὺς προσφορῶν, καὶ ὅτι τίποτε τὸ ὁποῖον θυσιάζει ὁ ἄνθρωπος, τίποτε τὸ ὁποῖον προσφέρει εἰς τὸν Θεόν, εἰς τοὺς πτωχούς, καμμία καλὴ πρᾶξις, καμμία ἀρετή, καμμία ὑπομονή, κανὲν μαρτύριον, κανὲν δάκρυ, τίποτε δὲν χάνεται. Ὅλα σπείρονται εἰς γῆν ἀγαθήν, ὡς ὁ κόκκος τοῦ σίτου, εἶπεν ὁ Κύριος, ὅπου ἐὰν πέσῃ εἰς τὴν γῆν καὶ ἀποθάνῃ (καὶ τοιαῦτα εἶναι τὰ κόλλυβα, τοιοῦτοι καὶ οἱ νεκροί), πολὺν καρπὸν φέρει. «Οἱ σπείροντες ἐν δάκρυσιν, ἐν ἀγαλλιάσει θεριοῦσι.» Κεῖνοι ποὺ σπείρουν μὲ δάκρυα, μὲ χαρὰν καὶ ἀγαλλίασιν θὰ θερίσουν.

— Τὸ λέγει αὐτὸ τὸ Εὐαγγέλιον;

—Τὸ λέγει τὸ Ψαλτήρι, ἀλλὰ τὸ ἴδιο εἶναι, γιατὶ καὶ τὸ Ψαλτήρι εἶναι λόγος Θεοῦ, καὶ ἐμπνευσμένον ἀπὸ τὸ Πνεῦμα τὸ Ἅγιον. Καὶ ὅταν θάπτωμεν νεκρὸν ἐν Χριστῷ εὐσεβῶς ζήσαντα, εἶναι ὡς νὰ σπείρωμεν εἰς τὴν γῆν κόκκον σίτου... καὶ ὁ Κύριος θὰ τὸν ἀναστήσῃ ἐν τῇ ἐσχάτῃ ἡμέρᾳ, καθὼς ὁ ἴδιος ηὐδόκησε νὰ μᾶς τὸ ὑποσχεθῇ.

«Ὁ πιστεύων εἰς ἐμέ, κἂν ἀποθάνῃ ζήσεται... κἀγὼ ἀναστήσω αὐτὸν ἐν τῇ ἐσχάτῃ ἡμέρᾳ.»

—Ἀμήν! εἶπεν ἡ θειὰ τὸ Μαθηνώ, καὶ τὰ δάκρυά της, ἐπὶ τῇ μνήμῃ τοῦ ἀνδρὸς καὶ τῶν τεσσάρων παιδίων, ταχέως ἐξητμίσθησαν, ὡς σταγόνες ὄμβρου μετὰ θερινὸν ὑετόν, ἐντὸς τῆς κοίτης πάλαι ξηρανθέντος χειμάρρου.

* * *

Τὸ δειλινὸν ἐφάνησαν μακρόθεν νὰ καταβαίνωσι τὴν ράχιν ἐρχόμεναι αἱ καλυβιώτισσαι γυναῖκες, αἱ ποιμενίδες καὶ βοσκίδες τῶν ἀγροτικῶν συνοικιῶν. Ἦλθαν φέρουσαι πελωρίους κοφίνους, γεμάτους ἄνθη, λαμπάδας, κηρία καὶ ἀγγεῖα μὲ ἔλαιον, καὶ πρόσφορα καὶ μικρὰς φιαλίδας μὲ νᾶμα, ἢ ὁδηγοῦσαι ὀνάρια μὲ τὰ σάγματα ἐπεστρωμένα διὰ κιλιμίων καὶ χραμίων, φορτωμένα τορβάδες καὶ δισάκκια μὲ φλάσκας οἴνου, μὲ τυρία νωπὰ ἢ ζεματισμένα καὶ κόκκινα αὐγά. Κατόπιν ἐφάνησαν σφυρίζοντες ἀλλοκότως δύο ἢ τρεῖς βοσκοὶ μὲ τὰς ἀγέλας των, τὰς ὁποίας ὡδήγησαν παρὰ τὸν ἀπότομον κρημνὸν πρὸς τὴν θάλασσαν. Οἱ τράγοι ἐπήδων ἀπὸ βράχον εἰς βράχον, ἀπὸ ὄχθον εἰς ὄχθον, ἀπὸ κοίλωμα εἰς κοίλωμα, ἐνῷ τὰ ἐρίφια χαριέντως σκιρτῶντα ἔτρεχον κατόπιν τῶν αἰγῶν βελάζοντα, ἀγαλλόμενα πρὸς τὴν νέαν δι᾽ αὐτὰ ἀπόλαυσιν τοῦ ἀγνώστου τούτου πράγματος, τῆς ζωῆς, ἐκθέτοντα εἰς τὸν ἥλιον τὰ στακτερὰ ἢ στικτὰ καὶ λευκὰ καὶ μαῦρα τριχώματά των, ἐνῷ οἱ βοσκοί, ὑψηλοί, ρωμαλέοι, τραχεῖς, φριξότριχες, ἡλιοκαεῖς τὴν ὄψιν, ἔτρεχον ἐμπρὸς καὶ ὀπίσω μὲ τὰς μακράς, ἴσας μὲ τὸ ἀνάστημά των, καμπύλας τὴν λαβὴν ράβδους των, σοβοῦντες μετὰ πολυήχου συριγμοῦ τὴν δυσάγωγον καὶ σκιρτητικὴν ἀγέλην.

Τελευταῖοι ἔφθασαν οἱ ποιμένες ἄνευ τῶν ἀμνάδων των, τὰς ὁποίας εἶχον ἀφήσει ὀπίσω εἰς τὰς μάνδρας, κομίσαντες μόνον δύο ἀρνία σφαγμένα. Ἔφθασαν συγυρισμένοι, ἀλλαγμένοι, στολισμένοι ὅλοι των, μὲ καθαροὺς χιτῶνας, κοντὰ βρακία καὶ ὑψηλὲς βλαχόκαλτσες, μὲ πλατέα ζωνάρια κίτρινα ἢ κόκκινα, ξυραφισμένοι καὶ μὲ τοὺς λινόχρους ἢ καστανοὺς μύστακας ἀγκιστροειδεῖς.

Ταχέως ἔκλινεν ἡ ἡμέρα καὶ ὁ ἥλιος ἔδυσεν εἰς μίαν ράχιν τοῦ Πηλίου, ἀντικρύ, ἀφοῦ ἐπὶ πέντε λεπτὰ τῆς ὥρας εἶχε μείνει στεφανωμένος μὲ κυάνεα καὶ περιπόρφυρα χρυσαυγῆ νέφη, ἀντιλαμβάνων ὁ ἴδιος ὅσην ἀπέδιδε δόξαν καὶ λάμψιν, καὶ ἐπὶ δέκα λεπτὰ ἀκόμη, ἀφοῦ ἐβασίλευσεν, αἱ ἀκτῖνες τῆς στέψεώς του ἔμειναν χρυσοφαεῖς, πορφυρίζουσαι, κυανίζουσαι, βάπτουσαι τὸ βουνὸν μὲ ἰῶδες χρῶμα. Εἶτα κατῆλθεν ἠρέμα ἐπὶ τῶν πλευρῶν τοῦ ὄρους ἡ νύξ, σπείρουσα παντοῦ τὸ βαθὺ καὶ ἄρρητον μυστήριόν της καὶ οἱ ἔμψυχοι κρότοι καὶ ψίθυροι τῆς φύσεως ἐξηγέρθησαν εἰς τὰς ράχεις, εἰς τοὺς λόγγους, εἰς τὰς φάραγγας, καὶ ἡ ὀφρὺς τοῦ βουνοῦ ἠτμίσθη καὶ συνεστάλη ὑγρὰ καὶ τὸ βλέφαρον τοῦ λόφου κατῆλθε, καὶ ἐκλείσθη εἰς ἕν, βουνόν, ρεματιὰ καὶ κάμπος. Καὶ ὁ μπαρμπα-Κωνσταντὸς ὁ Ζ᾽μαροχάφτης, τρίτος πάρεδρος τοῦ χωρίου ⟨Ἀν...⟩, τοῦ Δήμου Λίτης δὲν ἐφάνη οὐδαμόθεν νὰ ἔρχεται.

Ἦτο δὲ ἀνήσυχος ὁ ἱερεύς, καὶ φόβος ἦτο νὰ μείνωσι χωρὶς Ἀνάστασιν καὶ λειτουργίαν. Διότι εὐλόγως δὲν ἠδύνατο ἄνευ βοηθοῦ νὰ ἱεροπρακτήσῃ. Λειτουργία χωρὶς ἕνα τοὐλάχιστον ψάλτην ἢ ἀναγνώστην δὲν γίνεται. Οἱ ποιμένες καὶ οἱ βοσκοὶ ἦσαν ὅλοι, ὡς εἰκός, οὐ μόνον ἀγράμματοι, ἀλλὰ καὶ ἀλιβάνιστοι οἱ κακόμοιροι πολλοὶ τούτων.

—Τώρα, τί νὰ κάμουμε;... Ὁρίστε σοῦ ὑπόσχονται σίγουρα μιὰ δουλειά, κ' ὕστερα σ' ἀφήνουν μὲς στὴ μέση! Ἀνθρώπους καὶ κτήνη σώσεις, Κύριε!

Ἤλπιζεν ἐν τούτοις ἀκόμη ὅτι ὁ μπαρμπα-Κωνσταντὸς θὰ ἤρχετο. Ἀργοστόλιστος ἦτο πάντοτε, τὸν ἤξευρεν. Ἀλλὰ τώρα ἦτο σκοτεινὴ ἀκόμη νὺξ καὶ μόνον τὰ ἄστρα ἔλαμπαν ἄνω. Ὀλίγῳ ὕστερον ἀνέτελλεν ἡ σελήνη, καὶ τότε ἐλπὶς ἦτο νὰ ἔλθῃ.

Παρῆλθον δύο ὧραι καὶ ἡ σελήνη ἀνέτειλε κολοβὴ ἀπὸ τὸ σκοτεινὸν βουνὸν ἄνω, ἀνερχομένη βραδέως εἰς τὸ στερέωμα, καὶ αἱ τάξεις τῶν ἄστρων ἠραιώθησαν ἐπ' ἄπειρον καὶ ὅλα σχεδὸν ἠμαυρώθησαν εἰς τὴν διάβασίν της. Παρῆλθεν ἀκόμη μία ὥρα. Ὁ μπαρμπα-Κωνσταντὸς δὲν ἐφάνη.

Ὁ ἱερεὺς ἤρχισε ν' ἀγανακτῇ.

—Ὁ ἀσυνείδητος! ὁ μωρός... Ἥμαρτον, Κύριε! «Ἀνθρώπους καὶ κτήνη».

Ἤθελε νὰ στείλῃ ἕνα τῶν ποιμένων εἰς τὴν πολίχνην, ὅπως ζητήσῃ καὶ εὕρῃ ἕνα συλλειτουργὸν νὰ τοῦ φέρῃ. Ἀλλ' οἱ ποιμένες καὶ οἱ βοσκοὶ ὅλοι ἔρρεγχον ἐξηπλωμένοι μεταξὺ τῶν σχοίνων καὶ τῶν κομαρεῶν, τυλιγμένοι εἰς τὰς κάπας των, εὐχαριστημένοι ὅτι ἐπανῆλθεν ἡ ἄνοιξις καὶ εὕρισκαν ὀλιγώτερον παγερὰν τῆς γῆς τὴν ὑγρασίαν. Καὶ αἱ γυναῖκές των πλαγιασμέναι καὶ αὐταί, ὕπνωττον ὀλιγώτερον ἀκουστῶς ὄπισθεν τοῦ ἱεροῦ Βήματος, τυλιγμέναι μὲ τὰ χράμια καὶ τὰ κιλίμια, τὰ ὁποῖα εἶχον φέρει ἐπεστρωμένα ἐπὶ τῶν σαγμάτων τῶν ὄνων. Καὶ αἱ ἐκ τῆς πολίχνης ἐλθοῦσαι γυναῖκες, κύπτουσαι ἐπὶ τῶν καλαθίων των, ἔξω τῆς θύρας τοῦ ναοῦ, ὑπὸ τὸν ἐστεγασμένον πρόναον καὶ ἐντὸς τῆς ξυλίνης κιγκλίδος, ἐλαγοκοιμῶντο καὶ αὐταί. Μόνον ὁ ἱερεὺς ἀνησύχει καὶ ἦτο ἄγρυπνος.

—Τὰ ξέρω ἐγὼ ἀπ' ὄξου τὰ πλιότερα τὰ γράμματα, παπά, τοῦ ἔλεγεν ἡ θειὰ τὸ Μαθηνώ, διὰ νὰ τοῦ δώσῃ θάρρος· τὰ κανοναρχῶ κειδὰ στ' αὐτὶ τοῦ γερο-Φιλιππῆ, κι ὁ γερο-Φιλιππῆς, ὅπου 'ν' θεοφοβούμενος ἄνθρωπος, θὰ τὰ λέῃ κειδὰ ὅπως-ὅπως...

—Νά δὰ ἡ ὥρα νὰ σὲ κάμουμε καὶ ψάλτη, Μαθηνώ! ἀπήντησε γελάσας ὁ ἱερεύς.

—Ψάλτης δὲ θὰ γένω, μόνε κανονάρχος. Μοναχοί μας θά 'μαστε... Κανένας γραμματισμένος δὲν εἶναι γιὰ νὰ μᾶς γελάσῃ... Ἡ ἁγιωσύνη σ' βρίσκεις τὸν ἦχο τοῦ μπαρμπα-Φιλιππῆ, κ᾽ ἐγὼ τοῦ λέω τὰ λόγια ὅσα θυμοῦμαι. Νά ᾽ξερα ἀπὸ μέσα ἀπ᾽ τὸ χαρτὶ νὰ διαβάσω, θαρρῶ πὼς δὲ θὰ ἦτον ἁμαρτία νὰ ψάλω καὶ μοναχή μου.

Ὡς τόσον ἐπλησίαζε μεσονύκτιον, καὶ δὲν ἦτον ἐλπὶς νὰ ἔλθῃ πλέον ὁ μπαρμπα-Κωνσταντός, ὁ τρίτος πάρεδρος. Ὁ ἱερεὺς δὲν ἀπεφάσισε νὰ ἐξυπνίσῃ κανένα ἐκ τῶν βοσκῶν καὶ τὸν στείλῃ εἰς τὴν πόλιν, ὡς ἐσκέφθη κατ᾽ ἀρχάς, διότι ἐλογάριασεν ὅτι τόσαι ὀλίγαι ὧραι ἔμενον ἕως νὰ ξημερώσῃ, ὥστε μέχρις οὗ ὑπάγῃ ὁ ἀποσταλησόμενος εἰς τὴν πόλιν, ζητήσῃ καὶ κατορθώσῃ νὰ εὕρῃ ψάλτην, ἑωσότου πείσῃ καὶ φέρῃ αὐτόν, καὶ φθάσωσιν ὁμοῦ εἰς τὸν Ἅγιον Ἰωάννην, θὰ ἦτο ἀκριβῶς δύο ὧρες ἡμέρα... καὶ ἡ Ἀνάστασις ἐπρόκειτο νὰ γίνῃ τὰ μεσάνυκτα, ἢ καὶ βραδύτερόν τι.

Ὁ παπα-Διανέλος ἐσηκώθη στενάζων, εἰσῆλθεν εἰς τὸν ναόν, καὶ προσεκύνησεν εἰς τὰς βαθμίδας τοῦ ἱεροῦ Βήματος. Εὐθὺς κατόπιν του ἔτρεξαν ἡ γρια-Μαθηνὼ καὶ ἡ θειὰ τὸ Σειραϊνώ, ἡ σημαιοφόρος τῶν πανηγύρεων. Αἱ δύο γυναῖκες ἤρχισαν νὰ ἀναζωπυρῶσι τὰ φιτίλια, νὰ ῥίπτωσιν ἔλαιον εἰς τὰς κανδήλας καὶ νὰ κάμνωσιν ἐγκαρδίους σταυρούς. Ἠσθάνοντο ἀνέκφραστον χαρὰν καὶ γλύκαν εἰς τὰ σωθικά των. Ἦτο Ἀνάστασις, Ἀνάστασις! Τὸ πρόσωπον τοῦ Δεσπότου Χριστοῦ ἔλαμπε μὲ ἅγιον φῶς, δεξιὰ τῆς Ἱερᾶς Πύλης. Ἡ μορφὴ τῆς Δεσποίνης Θεοτόκου ἤστραπτεν ἐξ ἀφάτου χαρᾶς ἀριστερόθεν, κρατούσης τὸ θεῖον βρέφος της. Ἡ ὄψις τοῦ τιμίου Προδρόμου, μὲ ἕνα βόστρυχον τῆς κόμης φρίττοντα πρὸς τὰ ἄνω, ὡς νὰ ἔμεινεν ἀνωρθωμένος ἀπὸ τὴν πρόσψαυσιν τοῦ θηριώδους δημίου τοῦ ἀποκόψαντος τὴν σεβάσμιον κάραν τοῦ μείζονος ἐξ ὅσων ἐγέννησαν κατὰ φύσιν αἱ γυναῖκες ἀνδρῶν, ἐσελαγίζετο ἐκ μυστικῆς εὐφροσύνης παραπλεύρως ἐκείνου οὗ τὴν φρικτὴν κορυφὴν ἠξιώθη νὰ χειροθετήσῃ. Καὶ ὁ ἠγαπημένος μαθητὴς ἦτο ἀκόμη ἐκεῖ, καὶ συνέχαιρεν ἐπὶ τῇ Ἀναστάσει, ἂν καὶ πτυχή τις μερίμνης συνέστελλε τὸ ὑψηλὸν μέτωπόν του, προβλέποντος ὅτι θρασὺς ἱερόσυλος ἔμελλε μετ᾽ οὐ πολὺ νὰ τὸν ἁρπάσῃ ἐκ τῆς κόγχης του διὰ νὰ τὸν μεταφέρῃ εἰς Ἀθήνας καὶ τὸν καθιδρύσῃ ὄχι εἰς ναὸν καὶ ὁλοκαύτωμα καὶ θυσιαστήριον, ὄχι εἰς τόπον τοῦ καρπῶσαι, ἀλλ᾽ εἰς Μουσεῖον, Ὕψιστε Θεέ! εἰς Μουσεῖον, ὡς νὰ εἶχε παύσει ν᾽ ἀσκῆται εἰς τὸν τόπον τοῦτον ἡ χριστιανικὴ λατρεία, καὶ τὰ σκεύη αὐτῆς ν᾽ ἀνήκον εἰς θαμμένον παρελθόν, καὶ νὰ ἦσαν ἀντικείμενον περιεργείας!... Ἵλεως γενοῦ αὐτοῖς, Κύριε!

* * *

Τέλος, δὲν ἦτο ἐλπὶς νὰ ἔλθῃ ὁ κὺρ Κωνσταντός, καὶ ὤφειλον ἐκ τῶν ἐνόντων νὰ ψάλωσι τὴν ἀκολουθίαν. Αἱ ἐκ τῆς πόλεως γυναῖκες, ἡ μία μετὰ τὴν ἄλλην, ἀποτινάξασαι τὴν ὑπνώδη νάρκην, εἰσῆλθον εἰς τὸν ναΐσκον. Αἱ ἐκ τῶν ἀγρῶν ποιμενίδες δὲν ἤργησαν νὰ ἐξυπνήσωσιν, ὁ δὲ παπα-Διανέλος ἐξῆλθε πρὸς στιγμήν, καὶ λαβὼν τεμάχιον παλαιᾶς σανίδος καὶ σφυροειδὲς ξύλον, κατεσκεύασεν αὐτοσχέδιον σήμαντρον, διότι φεῦ! δὲν ὑπῆρχε πρὸ πολλοῦ κώδων, ὅστις νὰ ἐξυπνᾷ τοὺς πρὸ αἰώνων κοιμηθέντας καὶ νὰ συγκινῇ τὴν κόνιν τῶν ἀπὸ γενεῶν κοιμηθέντων κατοίκων τῆς πάλαι ποτὲ ὑπαρξάσης πόλεως. Διὰ τοῦ σημάντρου τούτου ἤρχισε νὰ κρούῃ ὁ ἱερεὺς εἰς τροχαίους πρῶτον (τὸν Ἀδάμ, Ἀδάμ, Ἀδάμ) εἶτα εἰς ἰάμβους (τὸ τάλαντον, τὸ τάλαντον), καὶ νὰ ἐξυπνᾷ τὰς μεσονυκτίους ἠχούς. Οἱ βοσκοὶ ἐνωτισθέντες τὸν μονότονον ἦχον ἐτινάχθησαν διὰ μιᾶς ἐπάνω, ἐπέταξαν τὰς κάπας των, ἐνίφθησαν καὶ ἔτρεξαν εἰς τὴν Ἐκκλησίαν, κρατοῦντες τὰς λαμπάδας των. Ὁ ἱερεὺς ἔβαλεν εὐλογητόν, ἔψαλε μόνος του τὴν παννυχίδα, ὅλον τὸ Κύματι Θαλάσσης, ἐθυμίασεν, ἔκαμεν ἀπόλυσιν, εἶτα φορέσας ἐπιτραχήλιον καὶ φελόνιον, ἤναψε μεγάλην λαμπάδα, καὶ βαστάζων αὐτὴν ἐξῆλθεν εἰς τὰ βημόθυρα καὶ ἤρχισε νὰ ψάλλῃ μεγαλοφώνως τὸ Δεῦτε λάβετε φῶς. Οἱ βοσκοὶ ἤναψαν τὰς λαμπάδας των, ὁμοίως καὶ αἱ γυναῖκες, κ' ἐξῆλθον ὅλοι εἰς τὸ προαύλιον, τοῦ ἱερέως κρατοῦντος τήν τε Ἀνάστασιν καὶ τὸ Εὐαγγέλιον μετὰ τοῦ θυμιατοῦ, καὶ ψάλλοντος, Τὴν Ἀνάστασίν σου, ⟨Χριστὲ⟩ Σωτήρ. Εἶτα ἡ ἱερὰ εἰκὼν καὶ τὸ Εὐαγγέλιον, ἀπετέθησαν ἐπὶ τῆς πεζούλας, ἐκπληρούσης χρέη τρισκελίου, ἐφ' ἧς αἱ γυναῖκες εἶχον στρώσει μεταξοὔφὲς μακρὸν προσόψιον. Ὁ ἱερεὺς ἀνέγνω ἀργὰ τὸ κατὰ Μᾶρκον Διαγενομένου τοῦ Σαββάτου, εἶτα θυμιάσας καὶ ἐκφωνήσας τὸ Δόξα τῇ ὁμοουσίῳ, ἤρχισε νὰ ψάλλῃ λαμπρᾷ τῇ φωνῇ τὸ Χριστὸς ἀνέστη. Ἀφοῦ τὸ ἔψαλε τρὶς ὁ ἴδιος, καὶ ἀνὰ ἅπαξ ἢ δὶς δύο τῶν βοσκῶν, οἵτινες δὲν ἦσαν μὲν πλέον γραμματισμένοι ἀπὸ τοὺς λοιπούς, ἀλλ' εἶχον ὀλιγώτερον τραχεῖαν τὴν προφορὰν κ' «ἐγύριζε κάπως ἡ γλῶσσά των», ἔλαβε θάρρος καὶ ἡ θεια-Μαθηνὼ καὶ τὸ ἔψαλεν ἅπαξ, ὁμοίως καὶ ἡ θειὰ τὸ Σεραϊνώ, ἐνῷ τὸ Καλλιοπὼ καὶ τὸ Ἀγλαὼ καὶ ἡ Ἀννούδα καὶ ἄλλαι γυναῖκες ἔπνιγον τοὺς καγχασμούς των εἰς τὰς παλάμας, μὲ τὰς ὁποίας ὡς δι' ἑκουσίου φιμώτρου εἶχον περιλάβει τὰ στόματά των.

Τελευταῖον εἰς ἐπισφράγισιν τὸ ἔψαλε πάλιν ὁ ἱερεύς, καὶ εἶτα εἶπε τὰ Εἰρηνικά. Μεθ᾿ ὅ, ἀναλαβὼν τὴν Ἀνάστασιν καὶ τὸ Εὐαγγέλιον, εἰσῆλθεν εἰς τὸν ναόν, ἀκολουθούμενος ὑπὸ τοῦ λαοῦ. Ἔψαλε τὸ Ἀναστάσεως ἡμέρα καὶ τὰ δύο τροπάρια τῆς πρώτης ᾠδῆς, ἀκολούθως εἰσῆλθεν εἰς τὸ ἱερόν, καὶ ἐξελθὼν πάλιν, ἔλαβε καιρόν, καὶ πάλιν εἰσῆλθε, καὶ ἤρχισε νὰ φορῇ ὅλην τὴν ἱερὰν στολήν του. Ἡ ψαλμῳδία εἶχε διακοπῇ ἐξ ἀνάγκης. Ἡ θεια-Μαθηνὼ ἐπλησίασεν εἰς τὸν γερο-Φιλιππήν, πρωτοκάθεδρον τῆς τάξεως τῶν ποιμένων, κ᾿ ἐδοκίμασε νὰ κανοναρχήσῃ πρὸς αὐτόν.

— Ψάλε, γερο-Φιλιππῆ, «Καθαρθῶμεν τὰς αἰσθήσεις».

Ἀλλὰ τοῦ γερο-Φιλιππῆ δὲν ἐγύριζεν ἡ γλῶσσά του νὰ εἴπῃ Καθαρθῶμεν τὰς αἰσθήσεις.

Τότε ἡ θειὰ τὸ Μαθηνὼ ἤρχισε σιγὰ-σιγὰ νὰ ψάλλῃ:

Καθαρθῶμεν τὰς αἰσθήσεις καὶ ὀψόμεθα, τῷ ἀπροσίτῳ φωτὶ τῆς Ἀναστάσεως, κτλ.

Εἶναι ἀληθὲς ὅτι ἡ ἀκριβὴς προφορὰ εἰς τὸ στόμα της ἦτο Καθαρθῶμεν τὰς ἰσθήσεις κὶ οὐψόμεθα...

— Αὐτὸ τὸ εἴπαμε, βλοημένη, ἔκραξεν ὁ ἱερεὺς ἀπὸ τοῦ ἱεροῦ Βήματος. Δεῦτε πόμα πίωμεν καινόν, εἶναι τώρα.

— Ἄ! Ναί, ἔκαμεν ἡ θειὰ τὸ Μαθηνὼ καὶ ἤρχισε:

Δεῦτε πόμα πίουμιν κινόν...

Ἀλλ᾿ ὁ ἱερεύς, ὅστις ἐξηκολούθει νὰ ἐνδύηται, ἐνόησεν ὅτι ἢ τὴν προσκομιδὴν ἔπρεπε ν᾿ ἀναβάλῃ, ἢ τὴν ἀκολουθίαν νὰ διακόψῃ. Καὶ ταῦτα μὲν ἐπεδέχοντο οἰκονομίαν, ἀλλὰ δὲν ἔβλεπε πῶς θὰ τὰ ἐκατάφερναν εἰς τὴν λειτουργίαν.

Ἐφόρει ἓν ἕκαστον τῶν ἀμφίων κ᾿ ἐψιθύριζε τὰ διατεταγμένα λόγια:

«Ἀγαλλιάσεται ἡ ψυχή μου ἐπὶ τῷ Κυρίῳ, ἐνέδυσε γάρ με ἱμάτιον σωτηρίου καὶ χιτῶνα εὐφροσύνης περιέβαλέ με. Ὡς νυμφίον περιέβαλέ με μίτραν καὶ ὡς νύμφην κατεκόσμησέ με κόσμῳ.»

Εἶτα ἤρχιζε νὰ ψάλλη τὰ τροπάρια τοῦ Κανόνος:

Νῦν πάντα πεπλήρωται φωτός, οὐρανός τε καὶ γῆ καὶ τὰ καταχθόνια...

Εἶτα πάλιν, φορῶν τὸ ἐπιτραχήλιον ὑπεψιθύριζεν: «Εὐλογητὸς ὁ Θεὸς ὁ ἐκχέων τὴν χάριν αὐτοῦ ἐπὶ τοὺς ἱερεῖς αὐτοῦ, ὡς μύρον ἐπὶ κεφαλῆς τὸ καταβαῖνον ἐπὶ πώγωνα...»

Καὶ πάλιν ἔψαλλε:

Χθὲς συνεθαπτόμην σοι Χριστέ, συνεγείρομαι σήμερον ἀναστάντι σοι...

Εἶτα φορῶν τὸ περιζώνιον, ἔλεγεν:

«Εὐλογητὸς ὁ Θεὸς ὁ περιζωννύων με δύναμιν, καὶ ἔθετο ἄμωμον τὴν ὁδόν μου.» Ἢ περνῶν τὸ ἐν ἐπιμάνικον, ἀπήγγελλεν: «Ἡ δεξιά σου χεὶρ Κύριε, δεδόξασται ἐν ἰσχύι...»

Καὶ διακόπτων τοῦτο, ἔψαλλε τὴν καταβασίαν:

Δεῦτε πόμα πίωμεν καινόν, οὐκ ἐκ πέτρας ἀγόνου...

Ἀφοῦ ὅμως ἐνεδύθη τὴν ἱερατικὴν στολὴν ὅλην, ἐξῆλθεν ἔξω κ᾽ ἐχοροστάτησε, κ᾽ ἔψαλεν ὁ ἴδιος ὅλον τὸν Κανόνα, ἔμελλε δὲ νὰ μεταβῆ εἰς τοὺς Αἴνους καὶ ν᾽ ἀρχίση τὸν ἀσπασμόν, ὅταν εἷς τῶν βοσκῶν, ὅστις εἶχεν ἐξέλθει, διὰ νὰ ἰδῆ πῶς εἶχον αἱ αἶγές του, ἐπανῆλθεν εἰς τὸν ναΐσκον καὶ ἀνήγγειλεν ὅτι κάποιος φωνάζει βοήθειαν μέσα ἀπ᾽ τοῦ Χαιρημονᾶ τὸ ῥέμα, καὶ ὅτι εἶναι βαθιὰ κάτω καὶ δὲν τὸν εἶδε, μόνον τὴν φωνήν του ἤκουσεν.

Ὁ ἱερεὺς ἐστράφη.

— Τί τρέχει;

— Δὲ ξέρου τί νὰ εἶναι, εἶπεν ὁ βοσκός... βαθιὰ κάτ᾽ χουϊάζει... «ποῦ εἴσαστε, ποῦ εἴσαστε;» Νὰ πάρου μιὰ λαμπάδα νὰ πάου νὰ ἰδῶ;

— Νὰ πᾶς.

Δύο ἢ τρεῖς ἄλλοι νεαροὶ βοσκοὶ καὶ ποιμένες ἔλαβον ἀμέσως τὰς λαμπάδας των κι ἔτρεξαν ἔξω.

* * *

Ἀφοῦ ἔφερε γῦρο ὅλην τὴν ἡμέραν τοῦ Μεγάλου Σαββάτου, ὁ κὺρ Κωνσταντὸς ὁ Ζ᾽μαροχάφτης, τρίτος πάρεδρος κτλ., ἐπὶ τέλους, ὡς δύο ὥρας πρὸ τῆς δύσεως τοῦ ἡλίου, ἀπεφάσισε νὰ ἐξέλθῃ εἰς τὰ Λιβάδια, ἔξω τῆς πόλεως, ὅπου εἶχε δεμένον τὸ ὀνάριόν του, διὰ νὰ τὸ λύσῃ, ὅπως φορτώσῃ ἐπ᾽ αὐτοῦ τὴν μικρὰν ἀποσκευήν του, καὶ ἐκκινήσῃ διὰ τὸν Ἅγιον Ἰωάννην τὸν Πρόδρομον, καθ᾽ ἣν εἶχε δώσει ὑπόσχεσιν εἰς τὸν παπα-Διανέλον. Ἀλλὰ τότε μόνον ἐνόησεν ὅτι εἶχε λησμονήσει ἀπὸ τὸ πρωὶ νὰ τὸ ἀλλάξῃ, ἤτοι νὰ τὸ μετατοπίσῃ εἰς ἄλλην βοσκήν, καὶ τὸ πτωχὸν τὸ ὀνάριον δὲν ἐφαίνετο πολὺ χορτᾶτον, ὅταν ὁ κύριός του τὸ ἔλυσεν. Ἐκ τοῦ τρόπου μεθ᾽ οὗ ἀνώρθωσεν ἐλαφρῶς τὰ χαμηλωμένα αὐτιά του, τὸ ζῶον ἐφαίνετο νὰ ἐλπίζῃ ὅτι ὁ ἀφέντης του θὰ τὸ μετέθετε τέλος εἰς ἄλλην βοσκήν, ἀλλ᾽ ὁ μπαρμπα-Κωνσταντὸς τὸ ὡδήγησεν εἰς τὴν οἰκίαν του, ὅπου ἐφόρτωσεν ἐπάνω του ἕνα πενιχρὸν τορβάν, περικλείοντα τρόφιμα, ἐπέστρωσεν ἐπὶ τοῦ σάγματος παλαιὸν ξεθωριασμένον κιλίμιον, καὶ ἀναβὰς ὁ ἴδιος ἐκάθισε μονόπλευρα ἐπ᾽ αὐτοῦ.

Ἔκαμε τὸν σταυρόν του κ᾽ ἐξεκίνησεν. Ἀλλὰ δὲν ἤργησε νὰ καταλάβῃ ὅτι τὸ ζωντόβολον, ἕνεκα τοῦ γήρατος καὶ τῆς μετρίας τροφῆς τὴν ὁποίαν εἶχε λάβει, δὲν θ᾽ ἀντεῖχε καλῶς εἰς τὴν μακρὰν ὁδοιπορίαν, καὶ ὅτι θὰ ἦτο ἱκανὸν νὰ μαραζώσῃ τὸν ἀναβάτην. Ἅμα ἔφθασεν εἰς τὸν Ἐπάνω Ἀι-Γιαννάκην, οὐ μακρὰν τῆς πόλεως, κατέβη καὶ ἀπεφάσισε νὰ ὁδηγῇ τὸ ὀνάριον πεζὸς βαίνων. Ἀλλὰ καὶ πάλιν τὸ ζῷον δὲν ἐβάδιζε καλῶς, μὲ ὅλους τοὺς κτύπους ὅσους τοῦ κατέφερε μὲ μίαν λεπτὴν βέργαν εἰς τὰ ὀπίσω του. Ἀπεφάσισε λοιπὸν ν᾽ ἀπαλλαγῇ τῆς συντροφίας, ἥτις θὰ ἦτο μᾶλλον βάρος ἢ βοήθεια δι᾽ αὐτόν, καὶ νὰ δέσῃ κάπου τὸ ζῷον διὰ νὰ τὸ ἀφήσῃ νὰ βοσκήσῃ. Ἐζήτησε μέρος κατάλληλον διὰ νὰ τὸ δέσῃ, ἀλλὰ δὲν εὗρεν εἰς τὸν Ἐπάνω Ἀι-Γιαννάκην πλουσίαν βοσκήν. Κατέβη ὀπίσω εἰς τὸν Κάτω Ἀι-Γιαννάκην, ἀλλ᾽ ἀφοῦ κ᾽ ἐκεῖ δὲν εὗρεν ἱκανὸν χόρτον, διηυθύνθη ἀπώτερον κάπου εἰς τὴν θέσιν Ἕρμο Χωριό, κ᾽ ἐκεῖ ἔδεσε τέλος τὸ ζῷον εἰς τὴν ῥίζαν ἀγρίου δένδρου, ἐντὸς ἀσπάρτου ἀγροῦ καὶ πλησίον εἰς ἕνα φράκτην. Αὐτὸς δὲ ἐφορτώθη εἰς τὸν ὦμον τὸν τορβὰν καὶ τὸ κιλίμιον, ἔβαλεν ὄπισθέν του εἰς τὴν μέσην μικρὸν κλαδευτήρι, καὶ κρατῶν τὴν λεπτὴν ῥάβδον του, ἐξεκίνησε πεζός. Εἶχε χασομερήσει σωστὴν μίαν ὥραν εἰς ὅλας αὐτὰς τὰς φροντίδας.

«Τώρα, εἶπε μέσα του, εἶναι καιρὸς νὰ τὸ βάλω στὰ πόδια, διὰ νὰ μὴ νυχτώσω (καὶ πάλιν θὰ νυχτώσω), ἐκτὸς ἐὰν ἀπομείνω· ἀλλὰ ν᾽ ἀπομείνω δὲν πρέπει, γιατὶ ἔδωκα ὑπόσχεσιν τοῦ παπᾶ.» Οὕτως εἶπε καὶ οὕτως ἔκαμε. Καὶ ἤρχισε νὰ κόφτῃ δρόμον μὲ ὅλα τὰ ἑξήκοντα ἔτη του, μὲ ὅλον τὸ δημογεροντικὸν καὶ προεστάδικον τῆς διαίτης καὶ τοῦ ἤθους του, τὸ βραχὺ ἀνάστημα, τὸ ὠχρὸν λεπτόδερμον καὶ καταπονημένον πρόσωπον, καὶ μεθ᾽ ὅλον τὸ κανονικόν, καίτοι παλαιὸν καὶ ἐφθαρμένον τῆς βράκας καὶ τοῦ φεσίου. Ἦτο παλαιὸς γεωργοκτηματίας ἀπὸ οἰκογένειαν, μὲ ὅλα τὰ κτήματά του ἐνυπόθηκα, ἐκ τῶν ἁπλοϊκῶν ἐκείνων τοὺς ὁποίους εὗρε λείαν εὔκολον καὶ καλὸν ἕρμαιον ἡ ἄπληστος καὶ ἰδιοτελὴς πανουργία τῶν παντοπωλῶν, μικρεμπόρων καὶ τοκιστῶν τῆς χθές, τῶν νεοπλούτων τῆς σήμερον, κατὰ πόλεις καὶ κώμας.

Ὁ μπαρμπα-Κωνσταντὸς ἀνέβη τὲς Βίγλες καὶ ἔφθασεν εἰς τοῦ Κ᾽φαντώνη τὸ Καλύβι, εἶτα κατέβη εἰς τὸ ρέμα, τὸ συνορεῦον πρὸς τὸ Λεχούνι, ὅπου εὑρίσκεται ὁ νερόμυλος τοῦ Δήμου τοῦ Βλάχου, κ᾽ ἐκεῖθεν ἤρχισε ν᾽ ἀναβαίνῃ τὸν μικρὸν ἀνήφορον τοῦ Ἁγίου Χαραλάμπους.

Ὁ ἥλιος εἶχε δύσει, ὅταν ἔφθασεν εἰς τὴν κορυφὴν τοῦ βουνοῦ, καὶ ἀντικρὺ τοῦ βραχώδους καὶ ἀποτόμου ὄρους, ὅπου κεῖται τὸ μικρὸν διαλυμένον μονύδριον. Ὁ παπα-Ἀζαρίας ὁ Σύγκελλος, ἡγούμενος τοῦ ἐρήμου ἀδελφότητος μοναστηρίου, οὐδὲν ἄλλο ἔχων πνευματικὸν ποίμνιον εἰμὴ μίαν ὑπέργηρων καλογραῖαν ἐνενηκοντοῦτιν καὶ ἕνα ἄχρηστον ὑποτακτικὸν ἡλικιωμένον, ναυαγὸν τοῦ κόσμου καὶ ἀπόχηρον, εἶχεν ἐξέλθει εἰς τὰ πρόθυρα τῆς μονῆς, καὶ ἔβλεπε τὰς τελευταίας ἀκτῖνας τοῦ ἡλίου ἐπιχρυσούσας διά τινας στιγμὰς ἀκόμη τὰς κορυφὰς τῶν ἀνατολικῶν ἀπέναντι ὀρέων, ὅταν εἶδε τὸν μπαρμπα-Κωνσταντὸν νὰ προκύψῃ ὄπισθεν τῆς τελευταίας αἱμασιᾶς, τῆς χαραττούσης ἑκατέρωθεν τὸν δρόμον.

— Ποῦ σ᾽ αὐτὸ τὸν κόσμο, κὺρ Κωνσταντέ;... Σὰν τὰ χιόνια!

— Εὐλογεῖτε, πάτερ!... Καὶ ὁ μπαρμπα-Κωνσταντός, ἀφοῦ ἔκαμε τὸν σταυρόν του τρίς, ἀποβλέπων πρὸς τὸ ἱερὸν τοῦ Ἁγίου Χαραλάμπους, ἤρχισεν ἀσθμαίνων νὰ διηγῆται πῶς ὁ παπα-Διανέλος ὁ Πρωτέκδικος ἐκλήθη ἀπὸ τοὺς βοσκοὺς καὶ ποιμένας νὰ κάμῃ Ἀνάστασιν καὶ νὰ λειτουργήσῃ ἐπάνω εἰς τὸν Ἅγιον Ἰωάννην τὸν Πρόδρομον, πῶς ἐκάλεσε καὶ αὐτόν, τὸν κὺρ Κωνσταντόν, νὰ ὑπάγῃ νὰ τὸν βοηθήσῃ, πῶς ὁ παπᾶς εὑρίσκετο ἀπὸ τῆς πρωίας, ὀπίσω εἰς τὸν Ἅγιον Ἰωάννην, χωρὶς νὰ ἔχῃ ἄλλον βοηθὸν ἢ συλλειτουργόν, πῶς αὐτός, ὁ κὺρ Κωνσταντός, ἠργοπόρησε νὰ ἐκκινήσῃ, ἕνεκα τοῦ ὀναρίου του, τὸ ὁποῖον δὲν ἀντεῖχεν εἰς τὴν ὁδοιπορίαν, καὶ ἤθελε κάθε τόσον ἄλλαγμα βοσκῆς (καὶ ὁ Θεὸς δὲν εἶχε ῥίξει τὸ ἔτος ἐκεῖνο ἀφθόνους βροχάς, ὥστε νὰ ὑπάρχῃ δαψίλεια βοσκῆς εἰς τὰ Λιβάδια), καὶ τέλος, πῶς ὁ κὺρ Κωνσταντὸς εὑρέθη εἰς τὴν ἀνάγκην ν᾽ ἀποφασίσῃ νὰ ὑπάγῃ πεζὸς ἐπάνω εἰς τὸν Ἅγιον Ἰωάννην διὰ νὰ μὴ γελάσῃ τὸν παπάν, ἐπειδὴ εἶχε δοσμένον τὸν λόγον του, νὰ ὑπάγῃ νὰ τὸν βοηθήσῃ.

—Μὰ τώρα νύχτωσες... θὰ νυχτώσῃς... εἶπεν ὁ Ἀιχαραλαμπίτης ὁ ἱερεύς· πῶς θὰ πᾷς ὡς ἐκεῖ;... εἶναι μιάμιση ὥρα δρόμος ἀκόμα... καὶ τὸ φεγγάρι θ᾽ ἀργήσῃ τρεῖς ὥρες νὰ βγῆ... σκοτίδι, ἄσ᾽βος.

—Πῶς νὰ κάμω; εἶπεν ὁ μπαρμπα-Κωνσταντός, ὅστις ἤρχισεν εὐθὺς νὰ ὀκνῇ καὶ νὰ διστάζῃ.

—Σκοτίδ᾽ ἄσ᾽βος1, ἐπανέλαβεν ὁ παπα-Ἀζαρίας, τὸ φεγγάρι θ᾽ ἀργήσῃ τρεῖς ὥρες... πῶς θὰ πᾷς ὡς ἐκεῖ, μοναχός σου;... Κακοστρατιά, κλεφτότοπος... θὰ πέσῃς σὲ κανένα γκρεμνὸ νὰ κατασκοτωθῆς.

—Τί μὲ συμβουλεύεις, γέροντα, νὰ κάμω;... εἶπε ψοφοδεὴς ὁ μπαρμπα-Κωνσταντὸς ὁ πάρεδρος.

* * *

Ὁ παπα-Ἀζαρίας ἐσκέφθη πρὸς στιγμήν, ἀλλ᾽ ἡ ὄψις του δὲν ἐξέφραζε πνευματικόν τι. Ἴσως ἔλεγε μέσα του: «Τί ἤθελα, τί γύρευα ἐγὼ νὰ τοῦ πῶ τέτοια πράματα νὰ τὸν δειλιάσω;... Αὐτὸς εἶναι ἔτοιμος... ἀφορμὴ ἐγύρευε νὰ μείνῃ μὲς στὴ μέσῃ... καὶ νὰ κάμῃ Ἀνάσταση στὸν Ἅγιο Χαράλαμπο».

Εἶτα εἶπε μεγαλοφώνως:

—Τί νὰ σοῦ πῶ κ᾽ ἐγώ; Ἐσεῖς πᾶτε καὶ δίνετε ὑπόσχεση, κ᾽ ὕστερα δὲ ξέρετε νὰ σηκωθῆτε μὲ τὴν ὥρα σας τουλάχιστον, νὰ πᾶτε κεῖ ποὺ ἔχετε δώσει λόγο... κι ἄλλος ἂς καρτερῆ... ἕνα πρᾶμα ποὺ σοῦ εἶναι κοπιαστικὸ καὶ δύσκολο, ἀπ᾽ ἀρχῆς πρέπει νὰ τὸ συλλογίζεσαι, νὰ τὸ μετρᾷς καλά, νὰ μὴ δίνῃς τὸ λόγο σου... Τί δουλειὰ εἶχες, ἐσύ, νοικοκύρης ἄνθρωπος, νὰ τρέχῃς στὰ κατσάβραχα, ἀπάνω στὸν Ἀι-Γιάννη, γιὰ νὰ κάμῃς Πάσχα;... Δὲν ἤξερες νὰ ᾽ρθῆς στὸν Ἀι-Χαράλαμπο;... Τί σὲ κάμω ἐγώ;... Ἐδῶ θελὰ χρησιμέψῃς... θελὰ ψάλουμε μαζὶ τὴν Ἀνάσταση, θελὰ λειτουργηθῆς μιὰ χαρά, καὶ ἡ μυζήθρα καὶ τὸ χλωρὸ τυρὶ δὲν ἤθελε μᾶς λείψῃ... Ἔχω κ᾽ ἐκεῖνο τὸν ἀχαΐρευτο τὸν ὑποτακτικό μου τὸ Γαβριήλ, ὁποὺ δὲ φελᾶ τίποτε... ἔχω καὶ τὴ γριὰ τὴν Εὐπραξία, ἕνα σωρὸ κόκκαλα, νά ᾽χουμε τὴν εὐκή της... τρεῖς κοῦκοι! Μὰ οἱ βοσκοί, ἂς εἶναι καλά, τὲς καλὲς μέρες ἔρχονται, μᾶς κάνουν γενιά... μόνον ἐφέτος ποὺ μᾶς πῆρε τοὺς πλιότερους ὁ παπα-Διανέλος, πίσω στὸν Ἀι-Γιάννη, ἀλλὰ μένουν κάτι λιγοστοί...

Ἐνταῦθα ἦλθεν εἰς τὸν παπα-Ἀζαρίαν ὁ πειρασμὸς νὰ κρατήσῃ τὸν κὺρ Κωνσταντὸν εἰς τὸν Ἅγιον Χαράλαμπον, ἀφήνων τὸν παπα-Διανέλον ἄνευ βοηθοῦ, διὰ νὰ τὸν ἐκδικηθῇ διότι τοῦ ἀφήρεσε τοὺς πλείονας τῶν βοσκῶν του. Ἀλλὰ δὲν τὸ ἐχώρησεν ἡ συνείδησίς του, καὶ ἐντονώτερον ἐξηκολούθησε:

— Τώρα, ὅπως καὶ νὰ τὸ κάμῃς ἄσχημα εἶναι... μὰ τὸ καλύτερο εἶναι νὰ τραβήξῃς τὸ δρόμο σου νὰ πᾷς... Ἔδωκες τὸ λόγο σου... εἶναι μεγάλη ἁμαρτία ν᾽ ἀφήσῃς τὸν παπὰ χωρὶς βοηθό, τέτοια μεγάλη μέρα.

Ὁ μπαρμπα-Κωνσταντὸς δὲν ἀπέσπα τὸ βλέμμα ἀπὸ τὰς κυανᾶς καὶ κοκκίνας ὑάλους τῆς θυρίδος τοῦ ἱεροῦ Βήματος, ἥτις ἐφαίνετο προσελκύουσα αὐτὸν ὡς μαγνήτης, καὶ νοερῶς συνέκρινε τὴν σχετικὴν ἀνάπαυσιν, ἣν θὰ εἶχεν εἰς τὸν Ἅγιον Χαράλαμπον, ὅπου θὰ εὕρισκε ζεστὸν κελλίον μὲ ἄφθονον πῦρ καὶ καφὲν πρὸ τῆς Ἀναστάσεως, μὲ γάλα καὶ αὐγὰ μετὰ τὴν λειτουργίαν, καὶ διπλοῦν θαλπερὸν καὶ ἀναπαυτικὸν ὕπνον πρὸ καὶ μετὰ τὴν ἀκολουθίαν, μὲ τὴν ἐρημίαν, μὲ τοὺς βράχους, τοὺς σχοίνους καὶ τὰς κομαριὰς τοῦ Ἁγίου Ἰωάννου τοῦ Προδρόμου, ὅπου θὰ ὑπῆρχε μόνον ὕπαιθρον ἢ ἀνεπαρκὲς ὑπόστεγον καὶ παραπολλὴ δρόσος πρωιμωτέρα ἢ ὥστε νὰ εἶναι ἐπιθυμητή.

— Μὴ στέκεσαι καθόλου, ἐπανέλαβεν ὁ Ἁχαραλαμπίτης· τράβα, γιατὶ θὰ νυχτώσῃς, καὶ θ᾽ ἀργήσῃ τὸ φεγγάρι νὰ βγῇ.

— Τώρα νύχτωσε ποὺ νύχτωσε, εἶπεν ἀποφασιστικῶς ὁ μπαρμπα-Κωνσταντός· καλύτερα εἶναι νὰ καθίσω πρὸς ὥρα νὰ ξεκουραστῶ, ὡς ποὺ νὰ βγῇ τὸ φεγγάρι...

— Καὶ ὕστερα;

— Ὕστερα πηγαίνω μὲ τὸ φεγγάρι.

— Μὰ θὰ πᾷς;

— Θὰ πάω.

— Ξέρεις καλὰ τὸ δρόμο;

— Τί θὰ πῆ;... Μπορεῖ νὰ ἔχω χρόνια νὰ πάω, μὰ τὸν δρόμο τὸν θυμοῦμαι... Κ᾿ ἔπειτα, ἂν ἔρθη κανένας ἀπ᾿ τοὺς ξωμερίτες φίλος μου...

— Ἔ!

— Θὰ τὸν παρακαλέσω νὰ μὲ πάη ὀλίγο παραπάνω, εἶπεν ὁ μπαρμπα-Κωνσταντός.

— Ὥστε δὲν ξέρεις καλὰ τὸ δρόμο;

— Ὄχι ἀλλὰ...

— Φοβᾶσαι τὰ στοιχειά; ἐκάγχασεν ὁ ἱερεύς.

— Θεὸς νὰ φυλάη... δὲν φοβοῦμαι τίποτε μὲ τὴν δύναμιν τοῦ Θεοῦ... μὰ ἡ συντροφιὰ εἶναι πάντα καλύτερη.

— Ἂς εἶναι, δὲν μπορῶ νὰ σὲ διώξω... ἔμβα μὲς στὸ κελλὶ νὰ ξεκουραστῆς, καὶ σὰ βγῆ τὸ φεγγάρι, νὰ πᾶς...

— Εὐλόγησον.

Ὁ μπαρμπα-Κωνσταντὸς εἰσῆλθεν εἰς τὸ κελλίον, κ᾿ ἐξηπλώθη ἐπὶ τοῦ χαμηλοῦ ἐπεστρωμένου σοφᾶ, μὲ τοὺς πόδας πρὸς τὴν ἑστίαν, ὅπου ἔκαιεν ἀσθενὲς πῦρ ἑτοιμόσβεστον. Ὁ μπαρμπα-Κωνσταντὸς ἐσκεπάσθη μὲ τὸ κιλίμι τὸ ὁποῖον ἐκόμιζε, καὶ μετ᾿ ὀλίγα λεπτὰ ἀπεκοιμήθη. Ἦτο δὲ ἤδη νύξ.

* * *

Τὸ κελλίον ὅπου εἶχεν εἰσέλθει ὁ μπαρμπα-Κωνσταντὸς ἦτο τὸ ἓν ἐκ τῶν δύο ὅσα ἐκράτει ὁ ἡγούμενος, τὸ ὁποῖον ἐχρησίμευεν ἅμα ὡς προθάλαμος, ὡς μαγειρεῖον καὶ ὡς πρόχειρον «ἀρχονταρίκι». Μόλις εἶχεν ἀποκοιμηθῆ ὁ γηραιὸς πάρεδρος, καὶ εἰσῆλθεν ὁ ὑποτακτικὸς Γαβριήλ, μὲ ἄσπρον κιουλάφι, μὲ ζωστικὸν πάνινον ξεθωριασμένον καὶ χωρὶς ράσον, κρατῶν λυχνίαν μὲ τὴν ἀριστεράν, καυσόξυλα καὶ χαμόκλαδα μὲ τὴν δεξιάν.

—Ἄλλος μουσαφίρης πάλε! ἐγόγγυσεν ἅμα εἶδε τὸν κὺρ Κωνσταντὸν κοιμώμενον· κουτσοὶ-στραβοὶ στὸν Ἀι-Παντελέημονα! Εὐλόγησον, πατέρες!

Ἐκρέμασε τὸ λυχνάριον ἐπὶ τοῦ πτερυγίου τῆς ἑστίας, ἐγονάτισε καὶ ἤρχισε νὰ ξανάπτῃ τὴν φωτιάν, καὶ ἐξηκολούθησεν:

—Ἀπὸ ποῦ μὲ τὸ καλό, αὐτὸς πάλε! Ἂς εἶν᾽ καλὰ οἱ χριστιανοί! Τὰ ποτήρια ξεπλύνετε, καὶ οἱ παῖδες ἂς κερνοῦν. Ζήτω ἡ κρασοκατάνυξις! εὐλόγησον, πατέρες!

Ἔκυψεν εἰς τὴν ἑστίαν καὶ ἤρχισε νὰ φυσᾷ διὰ φυσητῆρος ἐκ καλάμου. Εἶτα ἐπανέλαβεν:

—«Ἔδωκας ἡγούμενε, τῶν καλογήρων διακόνημα...»

Ἔψαλε τοῦτο εἰς ἦχον τέταρτον, μεθ᾽ ὃ εἰς πεζὸν λόγον προσέθηκε:

—Ποῦ τοὺς βρίσκει, ὁ γέροντάς μου, καὶ τοὺς μαζώνει! Τρέχα, Γαβριήλ. Καφέδες, Γαβριήλ. Καὶ νὰ ἔφερναν τίποτε πρόσφορα, τὸ ἐλάχιστο! Μ᾽ αὐτοὶ ἔρχονται ἄδεια τὰ χέρια. «Τοῦ κελλάρη ἔδωκας κλειδιὰ εἰς τὰ χέρια του» (τοῦτο τὸ εἶπε ψαλτά· εἶτα χῦμα). Βάστα, γερο-Γαβριήλ. Σὰν εἶσ᾽ ἀββάς, βάστα!

Τὴν στιγμὴν ἐκείνην, ὁ μπαρμπα-Κωνσταντὸς ἔκαμε κίνησίν τινα, ἐμισοξύπνησε, κ᾽ ἐγύρισεν ἀπὸ τὸ ἄλλο πλευρόν.

—Χαλάλι νὰ τοῦ γίνῃ! ἐγόγγυσεν ὁ πάτερ Γαβριήλ. Νυστασμένος μᾶς ἦλθε, ὁ ἄνθρωπος. Θέλω νὰ ξέρω, αὐτοί, κάτω στὸ χωριό, δὲν κοιμοῦνται τάχα, δὲν ἔχουν σπίτια, δὲν ἔχουν κάμαρες; Κινοῦν δύο ὧρες δρόμο κ᾽ ἔρχονται στὸν Ἀι-Χαράλαμπο γιὰ νὰ κοιμηθοῦν; Ταμάμ! Εὐλόγησον, πατέρες...

Καὶ εἶτα ἔψαλε:

—«Δίδει τὸν οἶνον λιγοστόν...»

Ἀλλ᾽ ὁ μπαρμπα-Κωνσταντός, καίτοι στραφεὶς ἐπὶ τοῦ ἄλλου πλευροῦ, δὲν ἐπανεῦρε τὸν ὕπνον, ἀλλ᾽ ἀνασηκωθεὶς ἐπὶ τοῦ ἀγκῶνος, ἐγύρισε βλέμμα πρὸς τὸν μοναχὸν καὶ τὸν ἠρώτησε:

— Τί ὥρα εἶναι, πάτερ;

— Τί ὥρα;... ὥρα ποὺ νύχτωσε... ὥρα ποὺ φέγγουν τ᾽ ἀστέρια...

— Τὸ φεγγάρι δὲ βγῆκε ἀκόμα;

— Τί νὰ σὲ κάμη τὸ φεγγάρι, χριστιανέ μου;... Τὸ φεγγάρι δὲν κόβει μονέδα...

— Περιμένω νὰ βγῆ τὸ φεγγάρι γιὰ νὰ φύγω, καὶ γι᾽ αὐτὸ σ᾽ ἐρωτῶ, εἶπεν ἡσύχως ὁ μπαρμπα-Κωνσταντός.

— Νὰ φύγης;... γιὰ ποῦ, ἂν θέλη ὁ Θεός;

— Δὲν ἦρθαν τίποτε ξωμερίτες ἀπ᾽ τὰ καλύβια;

— Μοῦ κάνουν τὴ χάρη νὰ μὴ ᾽ρθοῦν, εἶπεν ὁ Γαβριήλ. Σοῦ φέρνουν ἕνα πρόσφορο καὶ σοῦ φαρμακώνουν μιὰ κόττα ὁλάκερη· σοῦ φέρνουν ὀλίγο νᾶμα, καὶ σοῦ ἀδειάζουν μιὰ δαμιτζάνα σωστή...

***

Τὴν στιγμὴν ἐκείνην ἠκούσθη ἡ φωνὴ τοῦ ἡγουμένου ἀπὸ τῆς θύρας τοῦ κελλίου.

— Ἄ! ξυπνητὸς εἶσαι, κύριε πάρεδρε, ἔλεγεν ὁ παπα-Ἀζαρίας· κ᾽ ἐγὼ ἐνόμισα, ὅτι ὁ Γαβριὴλ ὡμιλοῦσε πάλι μοναχός του, καθὼς τὸ συνηθίζει. Καλὰ ποὺ ἔπιασε κουβέντα μὲ ἄνθρωπον.

— Χμ... Γχ... ἔπνιξε τοὺς γογγυσμούς του μέσα του ὁ Γαβριήλ. Εἶτα ψιθύρῳ τῆ φωνῆ προσέθηκεν: Εὐλόγησον, πατέρες!

— Δὲν ἐκοιμήθηκα καθόλου, γέροντα, ἀπήντησεν ὁ μπαρμπα-Κωνσταντός, ὅστις πράγματι δὲν ἐνθυμεῖτο ποσῶς ἂν εἶχε κοιμηθῆ ἢ ὄχι.

— Καὶ δὲν ἄκουσες τὸν Γαβριὴλ νὰ μιλῆ μοναχός του;...

— Δὲν τὸν ἄκουσα... Ἴσως νὰ ἔκλεψα ἕναν ὕπνον ἴσα μὲ ἕνα Πιστεύω.

— Περιμένω τοὺς βοσκούς, ὅπου εἶναι ἔφθασαν, εἶπεν ὁ Ἁιχαραλαμπίτης ἱερεύς· ἅμα ἔλθουν, ἐγὼ ὁ ἴδιος θὰ ὑποχρεώσω ἕναν ἀπ᾽ αὐτοὺς νὰ σὲ συντροφέψη γι᾽ ἀπάνου...

—Εὐλόγησον, εἶπεν ὁ μπαρμπα-Κωνσταντός, ὅστις δὲν τὸ ἐπεθύμει διακαῶς μέσα του.

—Ὥς ποὺ νὰ ἔλθουν, ἐπανέλαβεν ὁ παπα-Ἀζαρίας, ἐπειδὴ συνηθίζω καὶ διαβάζω τὰς Πράξεις ἀποβραδύς, κατὰ τὸ παλαιὸν Τυπικόν, νὰ πάρουμε ἕναν καφέ, καὶ νὰ μὲ συντροφέψῃς, ἂν ἀγαπᾷς, εἰς τὴν ἐκκλησίαν, διὰ νὰ μὲ βοηθήσῃς νὰ διαβάσουμε μαζὶ τὰς Πράξεις.

— Εὐχαρίστως, εἶπεν ὁ μπαρμπα-Κωνσταντός.

— Τὲς διαβάζω ἐγὼ τὲς Πράξεις, ἐγόγγυσεν ὁ Γαβριήλ, ὅστις ἐζήλευεν ἄμα ἔβλεπεν ἔκτακτον βοηθὸν ἢ ψάλτην ἐν τῷ ναΐσκῳ.

—Ἐσύ, Γαβριήλ, θὰ κάμῃς περισσότερα λάθη ἀπὸ ὅσες λέξεις εἶναι τυπωμένες μὲς στὸ βιβλίο. Μόνον νὰ μᾶς κάμῃς δύο καλοὺς καφέδες, ἰδιορρυθμίτικους, καὶ νὰ μᾶς τοὺς φέρῃς ἀπὸ κεῖ. Ὁρίστε, κὺρ Κωνσταντέ, νὰ περάσουμε στὸ κελλὶ τὸ ἄλλο.

Ὁ μπαρμπα-Κωνσταντὸς ἠγέρθη, ἔλαβε τὴν ῥάβδον του, τὸν τορβὰν καὶ τὸ κιλίμι καὶ μετέβη εἰς τὸ κελλίον τοῦ πατρὸς Ἀζαρία.

* * *

Οἱ τρεῖς νεαροὶ βοσκοί, κρατοῦντες τὰς λαμπάδας των χαμηλὰ μὲ τὴν ἀριστεράν, περισκέποντες τὸ φῶς μὲ τὴν δεξιὰν ἀπὸ τῆς προσπνεούσης νυκτερινῆς αὔρας, ἐνῷ ἡ σελήνη, ὑψηλὰ ἀναπλέουσα τὸν οὐρανόν, εἶχε κρυφθῆ εἰς σύννεφα, ἔτρεξαν πρῶτοι ἐμπρός, ὁ δὲ πρῶτος ἀναγγείλας τὴν εἴδησιν αἰπόλος ἤρχετο ὀπίσω. Κατέβησαν κάτω εἰς τὸ ρεῦμα, χωρὶς ν' ἀκούωσι φωνάς, καὶ ἤρχισαν νὰ ὑποπτεύωσιν ὅτι ὁ πρῶτος βοσκὸς ἴσως εἶχεν αὐτιασθῆ, καὶ εἶχεν ἀκούσει φωνὰς μὴ ὑπαρχούσας πράγματι. Ἀλλ' ὁ αἰπόλος διεμαρτύρετο λέγων ὅτι δὲν ἠπατήθη, καὶ ὅτι εἶχεν ἀκούσει εὐκρινῶς φωνὴν λέγουσαν: «Ποῦ εἴσαστε; Ποῦ εἴσαστε;»

Διὰ νὰ βεβαιωθῆ ἔτι μᾶλλον αὐτὸς πείθων καὶ τοὺς ἄλλους, ὁ βοσκὸς ἤρχισε νὰ φωνάζῃ: «Ἔ! δῶ εἴμαστε! Ποιὸς εἶναι;»

Ἀσθενὴς φωνὴ ἀπήντησεν. Ἀλλὰ δὲν διέκριναν τὰς λέξεις.

Ἀφοῦ προέβησαν ὀλίγα βήματα παρεμπρός, οἱ βοσκοὶ πάλιν ἐφώναξαν: «Ἔ! ποιὸς εἶσαι; Ποῦ βρίσκεσαι;»

Ἡ φωνὴ εὐκρινέστερον ἀπήντησε:

«Δῶ εἶμαι!... ἐλᾶτε παραδῶ...» Καὶ ἡ φωνὴ ἐπνίγη εἰς στεναγμόν.

— Κάποιος θά 'πεσε κ' ἐγκρεμοτσακίσθη πουθενὰ μὲς στὸ ρέμα, ἐσκέφθη μεγαλοφώνως ὁ εἷς τῶν βοσκῶν.

Τῷ ὄντι, ὅταν ἤκουσαν τὸν μορμυρισμὸν τοῦ ὕδατος τοῦ μικροῦ χειμάρρου, ρέοντος διὰ μέσου βράχων καὶ ἀμμωδῶν χώρων ἐναλλὰξ εἰς τὸ βάθος τῆς κοιλάδος, κ' ἐπλησίασαν εἰς τὴν ρίζαν ἑνὸς βράχου, εἶδον τὸ σῶμα ἀνθρώπου κειμένου ἐκεῖ, δίπλα εἰς τὸ ψιθυρίζον καὶ κατερχόμενον εἰς τὴν θάλασσαν ἑλικοειδὲς ρεῦμα.

Ἦτο αὐτὸς ὁ κὺρ Κωνσταντός, ὁ τρίτος πάρεδρος.

Τὸν ἀνεκίνησαν. Δὲν ἦτο βαρέως πληγωμένος, ἀλλ' εἶχε βαρέσει εἰς τὴν ἀριστερὰν πλευράν, πεσὼν ἀπὸ ὕψος ἀνδρικοῦ ἀναστήματος, ἀπὸ τὸν βράχον.

Περὶ ὥραν δεκάτην εὐρωπαϊστί, ἀφοῦ ἀνέτειλεν ἡ σελήνη, εἶχεν ἀναχωρήσει ἀπὸ τὸν Ἅγιον Χαράλαμπον, ὄχι τόσον διότι τὸ ἐπεθύμει, ὅσον διότι ὁ παπα-Ἀζαρίας, ὁ ὑποχρεωτικὸς καὶ πρόθυμος φίλος ὅταν ἐπρόκειτο ν' ἀποπέμψῃ ὀχληρόν, εἶχε παρακαλέσει ἕνα τῶν ἐλθόντων χωρικῶν, καὶ εἶχεν ἐπιμείνει ἵνα συνοδεύσῃ οὗτος τὸν μπαρμπα-Κωνσταντὸν ἀπερχόμενον εἰς Ἅγιον Ἰωάννην, ὅπου εἶχε δώσει ὑπόσχεσιν νὰ ὑπάγῃ.

Ὁ χωρικός, μὲ προθυμίαν ὄχι ἐμφαντικωτέραν τῆς τοῦ παπα-Ἀζαρία, μεγαλυτέραν δὲ τῆς τοῦ κὺρ Κωνσταντοῦ, συνώδευσε τὸν πάρεδρον εἰς ἱκανὸν μέρος τῆς ὁδοῦ ἕως εἰς τὰ Καμπιά, εἰς τὸ ὕψος τοῦ βουνοῦ ὁπόθεν ἔπρεπε νὰ κατηφορίσῃ τις διὰ νὰ φθάσῃ εἰς τὸν ναΐσκον τοῦ Προδρόμου, κ' ἐκεῖ, ἀφοῦ τοῦ ἔδειξεν ἀκριβῶς τὸν δρόμον, τοῦ εὐχήθη καλὴν Ἀνάστασιν καὶ τὸν ἐγκατέλιπε μόνον.

Ὁ μπαρμπα-Κωνσταντὸς ἠκολούθησε κατ' ἀρχὰς ἐπὶ πολὺ τὸν κύριον δρόμον, ὅστις ἦτο μοναδικὸς καὶ εὐδιάκριτος ὑπὸ τὸ φῶς τῆς σελήνης, μόνην συντροφίαν ἔχων τοὺς θάμνους, ὅσοι ἵσταντο δεξιὰ καὶ ἀριστερὰ διαχαράσσοντες τὴν ὁδόν, τὰ δένδρα τὰ ὁποῖα ἐλάμβανον φανταστικὰ σχήματα ἢ ἐσχημάτιζον σκιὰς ἐν μέσῳ τῶν ὁποίων τὸ ὄμμα ἔβλεπε πολλάκις φάσματα καὶ ἀκινήτους ἀνθρώπους, τοὺς βράχους οἵτινες, καθόσον ἐπλησίαζε πρὸς τὴν βόρειον ἀκτήν, ἐπληθύνοντο κ' ἐξετόπιζον τὰ δένδρα, τὸ δειλὸν κελάδημα ὀλίγων πτηνῶν κρυμμένων εἰς τὰς λόχμας, τὸν κρότον τῆς αὔρας σειούσης τοὺς κλῶνας καὶ τὰς κορυφὰς τῶν δένδρων, καὶ τὸν μυστηριώδη θροῦν τῆς φυλλάδος τὸν παραγόμενον ὑπ' ἀγνώστων νυκτερινῶν πλασματίων, ὑπὸ μικρῶν κατωτέρων πνοῶν κρυπτουσῶν τὴν ὕπαρξίν των ἐν μέσῳ τοῦ σκότους καὶ τῆς μοναξίας.

Ἀλλ' ὅταν ἔφθασεν εἰς μέρος ὅπου ἡ ὁδὸς ἐτέμνετο εἰς δύο μικρὰ μονοπάτια, τὸ ἓν ἀνατολικώτερον, τὸ ἄλλο βορειοδυτικόν, εὑρέθη εἰς ἀμηχανίαν ποῖον μονοπάτι νὰ λάβη. Ὅσον καὶ ἂν εἶναι ἐντόπιος εἷς ἄνθρωπος, ὅστις ἐκτάκτως, ἅπαξ κατὰ δύο ἢ τρία ἔτη, ἐξέρχεται εἰς μακρὰν σχετικῶς ἐκδρομήν, εἰς τοὺς μικροὺς τόπους, πάντοτε εὑρίσκεται εἰς ἀμηχανίαν, ὅταν μάλιστα τὸ τοπίον εἶναι κάπως ἄγριον, καὶ δὲν ἔχη ὁ ἴδιος κτήματα εἰς τὸ μέρος ἐκεῖνο. Οἱ δρόμοι ἀπὸ ἔτους εἰς ἔτος ἀλλάζουν, πολλάκις παλαιαὶ ὁδοὶ ἐκχερσοῦνται ἢ καλλιεργοῦνται καὶ δὲν πατοῦνται πλέον ἐκ τῆς πλεονεξίας μικροῦ γαιοκτήμονος, ὅστις περιφράττει ἐντὸς τοῦ χωραφίου του ἓν ἢ δύο στρέμματα γῆς περισσότερον, καὶ μεταθέτει τὸν φράκτην μίαν ἢ δύο ὀργυιὰς ἀπωτέρω. Ἐνίοτε συμβαίνει καὶ τὸ ἐναντίον· ἀδιαφιλονίκητος ἐλαιὼν γνωστοῦ κτηματίου πατεῖται καὶ γίνεται δρόμος, χάριν τῆς εὐκολίας τῶν διαβατῶν. Ἄλλοτε οἱ βοσκοὶ καὶ αἱ αἶγές των ἀνοίγουσι νέον μονοπάτι διὰ νὰ ἀραδίζουν, ἄλλοτε ἐγκαταλείπουσι καὶ ἀφήνουσι νὰ ἐκχερσωθῇ παλαιὰ καὶ γνώριμος ὁδός.

Ἀφοῦ ἐπὶ πολὺ ἐδίστασεν, ὁ μπαρμπα-Κωνσταντὸς ἐπροτίμησε τέλος τὸ βορειανατολικὸν μονοπάτι, καὶ κατέβη ταχέως εἰς τὸ ρεῦμα τοῦ Χαιρημονᾶ. Ἀλλ' ἐκεῖ δὲν δύναται νὰ βαδίζη τις, ἐκτὸς ἂν εἶναι δωδεκαετὴς παῖς, καὶ ψάχνει διὰ καβούρια, τὴν ἡμέραν. Ὁ δὲ κὺρ Κωνσταντὸς ἦτο ἑξηκοντούτης, ἦτο νὺξ καὶ δὲν ἐζήτει καβούρια. Τὸ ρεῦμα τῆς πηγῆς τοῦ Χαιρημονᾶ, ἑνούμενον κατωτέρω μὲ τὸ ρεῦμα τῆς Παναγίας Δομάν, σχηματίζει ποτάμιον κατερχόμενον εἰς τὴν θάλασσαν δι' ἀποτόμου κατωφερείας, διὰ βράχων καὶ μικρῶν καταρρακτῶν. Στιγμήν τινα, καθ' ἣν ἡ σελήνη εἶχε κρυβῇ ἄνω εἰς νέφος, δὲν εἶδε καλά, δὲν ἐπάτησε στερεά, ὠλίσθησεν ἀπὸ ἕνα βράχον κ' ἔπεσε μὲ τὴν κεφαλὴν καὶ τὸν κορμὸν εἰς τὴν ἄμμον, μὲ τοὺς πόδας εἰς τὸ νερόν. Ὁ μπαρμπα-Κωνσταντὸς ἐκτύπησεν ἐλαφρῶς καὶ ἐπόνεσεν, ἐκ τοῦ τιναγμοῦ μᾶλλον καὶ τοῦ φόβου, ἢ ἐκ τοῦ κατάγματος. Εὐτυχῶς, ὀλίγῳ πρίν, ὅταν εὑρίσκετο εἰς τὸ ὕψωμα, ἐπάνω εἰς μέγαν ὑπερκείμενον βράχον, εἶχεν ἰδεῖ τὴν ἀντιλαμπὴν τοῦ μικροῦ ναΐσκου, ὅπου ἀρτίως εἶχε ψαλῆ ἡ Ἀνάστασις, καὶ εἶχεν ἐννοήσει ὅτι δὲν ἀπεῖχε πλέον πολὺ ἀπὸ τὸν Ἅγιον Ἰωάννην. Ζαλισμένος ἀπὸ τὴν πτῶσιν, ἤρχισε, μὲ ὅσην εἶχεν ἀκόμη δύναμιν νὰ φωνάζῃ: «Ποῦ εἴσαστε; ποῦ εἴσαστε;» καὶ τὴν φωνὴν ταύτην εἶχεν ἀκούσει ὁ πρῶτος βοσκός, ὅστις εἶχεν ἐξέλθει πρὸς στιγμὴν τοῦ ναοῦ διὰ νὰ ἴδῃ πῶς εἶχον αἱ αἶγές του.

* * *

Ὁ κὺρ Κωνσταντὸς ἐσηκώθη χωλαίνων, ἠκολούθησε τοὺς βοσκούς, ἔφθασεν εἰς τὸν ναΐσκον, ὅταν ὁ ἱερεὺς εἶχεν ἀρχίσει τὸν ἀσπασμόν, ἐπροσκύνησε καὶ ἔλαβε τὴν θέσιν του εἰς τὸν χορόν. Ἔψαλεν εἰς ὅλην τὴν λειτουργίαν, μὲ ὅλον τὸ πέσιμόν του καὶ τὸ πόνεμά του.

Ἔξω, ὑπὸ τὸ φέγγος τῆς σελήνης, δεξιόθεν τοῦ ναΐσκου, ἔβρεμε γενναῖον πῦρ, καὶ ὁ μπαρμπα-Δημήτρης ὁ Καμπογιάννης, ὁ ἐκ τῶν πλησιοχώρων τῆς πολίχνης ἐλθὼν ποιμήν, εἶχεν ὀβελίσει ἤδη ἕνα ἀμνὸν καὶ τὸν ἔψηνε. Δίπλα του πρόθυμος διὰ νὰ τὸν βοηθῇ ἐκάθητο, ἀκουμβῶν ἐπ᾽ αὐτοῦ τοῦ τοίχου τῆς ἐκκλησίας, ἀνθρωπίσκος τις ἐκ τῆς πόλεως, ὅστις δὲν εἶχεν ἐννοηθῆ πότε καὶ πῶς εἶχεν ἔλθει ἐκεῖ, ὁ Γιάννης ὁ Μπουκώσης. Ἀνάμεσα εἰς τὴν πυρὰν καὶ εἰς τὸν τοῖχον, ὁ μπαρμπα-Δημήτρης ὁ Καμπογιάννης, μὲ τὴν κιτρίνην ζωνάραν, τὸ ξυραφισμένον γένειον καὶ τὸν ἀγκιστροειδῆ μύστακα, εἶχεν ἀφήσει τὸ μαχαίρι του μετὰ τοῦ θηκαρίου, καὶ ὁ Γιάννης ὁ Μπουκώσης ἀπὸ πολλῆς ὥρας δὲν εἶχε παύσει νὰ ῥίπτῃ τὸ βλέμμα ἐναλλάξ, εἰς τὸ ῥοδοκοκκινίζον σφαχτὸν καὶ εἰς τὸ μαχαίριον. Ἀντικρύ, παρὰ τὴν ῥίζαν ἑνὸς σχοίνου, ἵστατο μεγάλη ὀκταόκαδος φλάσκα. Ἐκ τοῦ τρόπου μεθ᾽ οὗ ἵστατο ἀκουμβημένη εἰς τὸ κλαδίον τοῦ σχοίνου ἐφαίνετο πλήρης οἴνου, μοσχάτου καὶ μαύρου μεμειγμένου. Τὸ ῥοδοκοκκινίζον σφαχτὸν ἔκνιζε καὶ ἔσιζεν εἰς τὸ πῦρ, ἡ φλάσκα, ὡς ἄλλη κλῶσσα καλοῦσα τοὺς νεοσσούς της ὑπὸ τὰς πτέρυγας, ἐφαίνετο καλοῦσα τοὺς βοσκοὺς εἰς εὐωχίαν ὑπὸ τοὺς ἀτμούς της, ἑτοίμη νὰ κλώξῃ καὶ νὰ φυσήσῃ εἰς τὴν ἐλαχίστην ἐπαφὴν τῆς χειρός, εἰς τὴν ἐλαχίστην προσέγγισιν τοῦ χείλους εἰς τὴν θηλήν της.

61

Δύο χωρικοὶ ὄρθιοι, πέντε βήματα μακρὰν τοῦ ψητοῦ, τῆς φλάσκας καὶ τοῦ σχοίνου, ἵσταντο καὶ συνωμίλουν ζωηρῶς. Εἶχαν εὕρει τὴν ὥραν καὶ τὸν τόπον νὰ λογομαχήσωσι δι᾽ ἓν χωράφιον τεσσάρων στρεμμάτων, περὶ τοῦ ὁποίου ἐμάχοντο ἀπὸ ἐτῶν.

Ἀντικρύ, πρὸς μεσημβρίαν, ἐπὶ τοῦ βραχώδους λόφου, ἀνάμεσα εἰς πέντε βράχους, εἰς τρία μονοπάτια καὶ εἰς κρημνόν, εὑρίσκετο τὸ διαφιλονικούμενον χωράφιον. Ὁ εἷς τῶν χωρικῶν ἐχειρονόμει, κ᾽ ἐδείκνυε πρὸς τὰ ἐκεῖ, καὶ ἰσχυρίζετο ὅτι τὸ χωράφιον τὸ ἰδικόν του εἶχεν σύνορον ἀκριβῶς τὸν τρίτον βράχον πρὸς τὰ δεξιά.

—Ἐγὼ τὸ ηὗρα παππουδικό μου, ἔλεγε· δὲ ρωτᾷς καὶ τὸ Γιάννη τῆς Ψαροδήμαινας, ποὺ εἴμαστε γειτόνοι, ἐδῶ καὶ τριάντα χρόνια...

—Τὰ σύνορα εἶναι μὲς στὴ μέση, ἀνάμεσα στὸν δεύτερο καὶ στὸν τρίτο βράχο, ἐκεῖ ποὺ βαθουλαίνει ὁ τόπος, διετείνετο ὁ ἄλλος χωρικός· φαίνεται ἀκόμη ποὺ ἦτον, τὸν παλαιὸν καιρό, ἀποσκαφή...

—Κοτζάμ βράχος, ἀντέκρουεν ὁ πρῶτος, κ᾽ ἐγὼ θὰ πάω νὰ γυρέψω νὰ βρῶ τὴν ἀποσκαφή, γιὰ νὰ τὴν κάμω σύνορό μου;...

Ὁ μπαρμπα-Δημήτρης ὁ Καμπογιάννης ἤρχισε νὰ γυρίζη ἀμελέστερον τὴν σούβλαν μὲ τὸ σφαχτόν, καὶ ἡ προσοχή του ὅλη ἀπερροφήθη ὑπὸ τῶν δύο χωρικῶν καὶ τῆς λογομαχίας των.

Ὁ Γιάννης ὁ Μπουκώσης ἔλαβε σιγὰ-σιγὰ τὸ μαχαίριον, τὸ ἀπεγύμνωσεν ἀπὸ τὸ θηκάριόν του, ἔκοψεν ἐπιτηδείως τεμάχιον ἀπὸ τὰ νεφραιμιὰ τοῦ σφαχτοῦ, τὸ ὁποῖον ἔπαυσε σχεδὸν νὰ περιστρέφεται, καὶ τὸ κατεβρόχθισεν ἀπλήστως.

Ὁ μπαρμπα-Δημήτρης οὐδὲ παρατήρησε κἂν τὴν κλοπὴν καὶ τὴν λαιμαργίαν τοῦ ἀνθρωπίσκου. Ἐξηκολούθησε νὰ προσέχη εἰς τοὺς δύο ἐρίζοντας.

—Καὶ εἶναι καὶ μέσα στὸ μπολετὶ καθαρὰ γραμμένο, ἔλεγεν ὁ πρῶτος τῶν δύο· τὸ πῆγα στὸν παπα-Λευθέρη, ποὺ ξέρει νὰ διαβάζη τὰ παλαιὰ γράμματα, καὶ μοῦ τὸ διάβασε τόσες φορές.

—Ἀπὸ μπολετιὰ δὲν ἱδρώνει ἐμένα τὸ μάτι μου, ἀντέλεγεν ὁ δεύτερος· σὰν ἔχῃς ὄρεξη, δὲν πᾶς στὸν μπάρμπ᾽ Ἀναγνώστη τὸν Ἀγέλαστο, νὰ σοῦ φτιάσῃ ὅσα ψεύτικα μπολετιὰ θέλεις...

Ὁ Δημήτρης ὁ Καμπογιάννης ἐπρόσεχεν ὅλος εἰς τὴν λογομαχίαν τῶν δύο ἀγροτῶν. Ὁ Γιάννης ὁ Μπουκώσης ἔλαβεν ἐκ νέου τὸ μαχαίριον, τὸ ὁποῖον δὲν εἶχεν ἐπιστρέψει εἰς τὸ θηκάριόν του, ἔκοψε δεύτερον, γενναιότερον τεμάχιον ἀπὸ τὸ μισοψημένον σφαχτόν, καὶ τὸ κατέπιε μονοκόμματον.

Ἡ ἔρις τῶν δύο χωρικῶν ἐξηκολούθει, καὶ ἡ προσοχὴ μεθ᾽ ἧς τὴν παρηκολούθει ὁ Καμπογιάννης ἦτο ἀδιάπτωτος. Ὁ Μπουκώσης, ὅστις ἐνόει τὴν μυστηριώδη γλῶσσαν τῆς φλάσκας, δι᾽ ἧς αὕτη ἐκάλει τοὺς φίλους της, ὡς ἡ κλῶσσα τοὺς νεοσσούς της, ἔκαμεν ἓν βῆμα μὲ τὸν δεξιὸν πόδα ἐν σχήματι ὀρθῆς γωνίας, δεύτερον βῆμα μὲ τὸ ἀριστερὸν γόνυ εἰς τὸ ἔδαφος, ἐξηπλώθη τετραποδίζων, ἐπλησίασεν εἰς τὸν σχοῖνον, καὶ λαβὼν τὴν μεγάλην οἰνοβριθῆ φλάσκαν τὴν ἐπλησίασεν εἰς τὰ χείλη του, καὶ ἔπιε γενναίαν δόσιν ἀπνευστί.

Εἶτα, φύσει φρόνιμος καὶ γνωρίζων ὅτι, ἂν ἔκαμνε καὶ τρίτην ἀπόπειραν κατὰ τοῦ σφαχτοῦ, ἦτο φόβος μὴ φωραθῇ ἐπὶ τέλους, ἐπέστρεψε παρὰ τὸν τοῖχον τῆς ἐκκλησίας, ὀλίγον τι ἀπώτερον τῆς πυρᾶς, ἐμαζεύθη κ᾽ ἐφαίνετο τόσον ἄκακος καὶ νῆστις, ὡς νὰ μὴν εἶχε πασχάσει ὅλως.

* * *

Ὅταν, ἀφοῦ ὁ ἱερεὺς ἐξῆλθε τελευταῖος ἀπὸ τῆς λειτουργίας, καὶ ἐστρώθη ἡ τράπεζα εἰς τὰ πρόθυρα τοῦ ναοῦ (ἦτον περὶ τὰ γλυκοχαράματα), ὁ μπαρμπα-Δημήτρης ὁ Καμπογιάννης ἐπεχείρησε νὰ τεμαχίσῃ τὸ ψητόν, παρετήρησεν ὅτι κάτι ἔλειπεν ἀπὸ τὰ νεφραιμιά, ἀλλ᾽ ἐκαμώθη ὅτι δὲν ἐνόησε τίποτε, καὶ ἀποτεινόμενος πρὸς τὸν Γιάννην τὸν Μπουκώσην, εἶπε:

—Κοίταξε!... Περίεργο... Δὲν εἶναι παράξενο νὰ γεννήθηκε σακάτικο αὐτὸ τὸ ἀρνί, παιδί μου Γιάννη;

Ἐξηκολούθησεν ἡσύχως νὰ κατακόπτῃ τὸ ψητόν, εἶτα ἐπανέλαβε:

—Πολλὰ παράξενα σημεῖα καὶ θάματα γίνονται σ᾽ αὐτὰ τὰ στερνὰ τὰ χρόνια... Γιά βάλε μὲ τὸ νοῦ σου, νὰ φέρω ἀρνὶ σακάτικο γεννημένο ἀπ᾽ τὴ μάννα του, καὶ νὰ μὴν τὸ καταλάβω!... Τί νὰ γένη, ἂς ἔχη δόξα ὁ Θεός!

Ὁ Γιάννης ὁ Μπουκώσης δὲν εἶπε γρῦ. Ἀλλὰ τὴν τελευταίαν στιγμήν, καθ᾽ ἣν παρετίθετο ἐπὶ τῆς τραπέζης τὸ ψητόν, ὁ μπαρμπα-Δημήτρης ἔκρυψεν ἐπιτηδείως τὰς δύο στάμνας τοῦ νεροῦ ὅπου εἶχεν ἀκόμη γεμᾶτες, κ᾽ ἐπαρουσίασεν εἰς τὴν τράπεζαν δύο ἄδειες, λέγων ὅτι δυστυχῶς εἶχε λησμονήσει νὰ στείλη ἐγκαίρως εἰς τοῦ Χαιρημονᾶ τὴν βρύσιν νὰ πάρη νερόν, καὶ ἦτον ἀνάγκη νὰ ὑπάγη τώρα κάποιος.

—Σ᾽ ἐσένα πέφτει ὁ κλῆρος, παιδί μου Γιάννη, εἶπεν ἀποτεινόμενος πρὸς τὸν Μπουκώσην. Σύρε νὰ γεμίσης τὰ δυὸ σταμνιά, νά ᾽χης τὴν εὐκὴ τοῦ παπᾶ μας, καὶ σὲ καρτεροῦμε, δὲν τρῶμε... Πάρε καὶ μιὰ ἀναμμένη λαμπάδα νὰ βλέπης στὸ δρόμο, καὶ πάτει γερά, ὄμορφα ὄμορφα... νὰ μὴ σπάσης τὰ σταμνιά, καὶ τὸ πάθης σὰν τὸ τραγούδι ποὺ λένε... καὶ μᾶς ἀφήσης κ᾽ ἐμᾶς χωρὶς νερό.

Ὁ Γιάννης ὁ Μπουκώσης ἐπεθύμει ν᾽ ἀρνηθῆ, ἀλλὰ δὲν ἐτόλμα. Ἐφορτώθη τὰ δύο σταμνία κ᾽ ἐξεκίνησε διὰ τὴν πηγὴν τοῦ Χαιρημονᾶ, ἥτις ἀπεῖχε περὶ τὰ δύο μίλια, καὶ ἥτις ἔτρεχε τόσον φειδωλὴ ὡς τὸ δάκρυ τῶν ἐξηντλημένων ὀφθαλμῶν. Ἐχρειάζετο σωστὴν μίαν ὥραν διὰ νὰ ὑπάγη, νὰ γεμίση τὰ σταμνία καὶ νὰ ἐπιστρέψη.

Εὐθὺς ὡς ἀνεχώρησεν οὗτος, ὁ μπαρμπα-Δημήτρης ὁ Καμπογιάννης, ἔβγαλεν εἰς τὸ φανερὸν τὰς δύο πλήπεις στάμνας, καὶ ἐπειδὴ ὁ ἱερεὺς δὲν ἐνόει, ἐξηγήθη καὶ εἶπεν:

—Εἶχα νερό, μὰ ἤθελα νὰ τόνε παιδέψω, τὸν ἀφιλότιμο... Ἀκοῦς ἐκεῖ, νὰ μοῦ κάμη γρουσουζιὰ χρονιάρα μέρα, νὰ μοῦ κόψη μεζέδες ἀπ᾽ τὸ σφαχτό, ἐνῶ τὸ ἔψηνα, καὶ νὰ μὴν πάρω κάβο!

***

Ὅταν ἐπέστρεψεν ἀπὸ τὴν βρύσιν τοῦ Χαιρημονᾶ φέρων τὰ δύο σταμνία ὁ Γιάννης ὁ Μπουκώσης, ἦτο ἤδη ἡμέρα, τὸ ψητὸν εἶχε καταβροχθισθῆ, καὶ μόνη ἡ διακριτικὴ φιλαδελφία τῆς θεια-Μαθηνῶς τῆς Ψευτομετάνισσας, καὶ τῆς θεια-Σεραΐνας τῆς σημαιοφόρου τῶν πανηγυρίων, τοῦ εἶχε φυλάξει ὀλίγα τεμάχια τοῦ ἀμνοῦ διὰ νὰ φάγῃ καὶ κάνῃ Λαμπρήν, ὁ πειναλέος ἀνθρωπίσκος.

(1893)